© 2016 S. Kent

Verlag: tredition GmbH, Hamburg

ISBN
Paperback: 978-3-7345-3752-3
Hardcover: 978-3-7345-3753-0
e-Book: 978-3-7345-3754-7

Printed in Germany

S. Kent

Amerika!
… und zurück

Eine Geschichte für Simón

Ich warte auf dich, Simon. Deine Reise beginnt bald. Noch zehn Tage kannst du dich auf deine Ankunft vorbereiten. Es gibt nur einen Weg. Jetzt bist du noch geborgen, aber der Zeitpunkt deiner Ankunft steht schon fest. Man wird dich holen, wenn du dich nicht selbst aufmachst. Und während ich auf dich warte, werden meine Erinnerungen wach - an einen Aufbruch, den ich vor langer Zeit gewagt habe. Auch ich hatte zehn Tage für meine Reise in die Neue Welt.

Columbuskaje, Bremerhaven Juni 1965

Das Schiff fängt an sich zu bewegen. Unter dem Dröhnen der Maschinen ruft man sich auf Wiedersehen zu. Ich winke so lange, bis ich die Menschen, die mir so vertraut sind, kaum noch erkennen kann. Dann setzt dieses beklemmende Gefühl ein, in meinen Schläfen pocht es unerträglich. Ich drehe mich um und fühle mich entwurzelt und fremd. Ich finde auch kein freundliches, sympathisches Gesicht. Die meisten Passagiere sind älter als ich. Ich wandere aus! Dabei war es doch eine so leichte Entscheidung gewesen. Wie hatte ich diesem Tag entgegengefiebert, der mich endlich aus meiner bürgerlichen norddeutschen Heimatstadt retten würde. Die Abenteuerlust in mir war stärker als jegliche Freundschaft, die ich nun mit jedem Meter für immer hinter mir lasse. Ich bin jetzt ganz allein und auf einmal völlig verunsichert.

Du musst wissen, Simón, dass ich nur 18 Jahre alt war, als ich mich zu diesem Schritt entschloss! Meine Familie, meine Freunde, alles, was mir vertraut war, blieb zurück, und vor mir lag eine ungewisse Zukunft.

Als Erstes gehe ich in den Rauchsalon und halte mich nervös an einer Zigarette fest.

Liebste Mutti,
ich bemühe mich schon am zweiten Tag euch einen kleinen Lagebericht zu geben:

Wo wir genau sind, kann ich beim besten Willen nicht sagen. In Southampton haben wir nur ein paar sehr korrekt aussehende Briten an Bord genommen. Anscheinend werden wir an Schottland vorbeifahren, aber frag mich nicht, wie dann die Route verläuft. Der Himmel ist zwar bewölkt, lässt jedoch ab und zu ein paar Sonnenstrahlen durch, und die See ist spiegelglatt. Hoffentlich bleibt es so, denn ich möchte nicht seekrank werden.

Das Schiff ist toll und mir gefällt meine Kabine sehr gut. Leider teile ich sie mit einer Gemeindehelferin, die sehr innig das Neue Testament liest. Wenn sie das nicht tut, so scheint sie laufend psychologische Tests mit mir anstellen zu wollen. Zuerst fand ich das lustig, aber wenn ich mich nicht woandershin verziehe, wird sie mir bald auf die Nerven gehen. So habe ich mich schon unter die anderen Passagiere gemischt und sehr nette Leute gefunden. Ich glaube, wir werden noch eine nette Clique.

Das Essen ist ausgezeichnet und wird von sehr feschen Stewards serviert – sehr schön! Das einzig Negative ist, dass gerade an meinem Tisch ein Herr sitzt, der mit Händen und Füßen frisst.

Das Schiff ist kaum ausgebucht. Viele der Passagiere sind ältere Herrschaften, die wie grauenhafte Proleten nur so mit Dollars um sich werfen. Typische Holzfäller. Der tollste Typ ist ein junger Bayer. Auf die Frage, ob er Englisch spricht, antwortete er, er könne Bayrisch, Österreichisch und Schweizer Deutsch fließend. Und viele englische Schlager auswendig singen.

Zum Englischsprechen bin ich noch gar nicht gekommen, nur zum Französisch! Eine Diplomatenfamilie aus Haiti fährt mit (natürlich erster Klasse!). Sie haben ihren Sohn aus Deutschland abgeholt, wo er in Heidelberg studiert hat. Er ist richtig süß, wird jedoch von seiner Mutter nicht aus den Augen gelassen.

Ansonsten erhole ich mich in den Nachtstunden gut (meistens). Gleich in der ersten Nacht wurde ich mit ein paar jungen Leuten *ausgesperrt, stell dir vor, man hatte uns einfach vergessen. Wir machten uns schon mit dem Gedanken an einen windigen Nachtaufenthalt an Deck vertraut, als jemand eine Luke fand und wir ins Innere des Schiffs klettern konnten.*

Was sonst noch toll ist, sind die Filme an Bord: Es gibt einen Winnetou-Film nach dem anderen. Dufte!
Ich werde noch einmal von Bord schreiben.

Tausend Küsse, Eure S.

Das war erst der Beginn der Reise, Simón. Natürlich blieb die See nicht spiegelglatt. Die nächsten acht Tage wurden richtig heftig. Wir kamen in einen Sturm, der fast bis New York anhielt.

Zwischen zwei Kontinenten

Ich weiß gar nicht mehr, wie es sich anfühlt auf sicherem Boden zu stehen. Wir sind hier ganz allein draußen. Um uns herum: eine gewaltige Wasserberglandschaft. Wie kommt das Schiff da nur durch? Wir sind noch keinem anderen begegnet. Man ist vollkommen abgeschnitten, was eigentlich ein ganz tolles Gefühl ist. Auf dem ganzen Schiff sind Taue gespannt, damit man sich festhalten kann und nicht über Bord geht!

Die meisten Passagiere sind schon lange nicht mehr zum Essen erschienen. Neulich gab es eine köstliche Szene. Am Nebentisch hatte man einen der sehr korrekt aussehenden Engländer mit einer sehr eleganten deutschen Dame zusammengesetzt. Die beide verkörpern so etwas wie die große Welt für mich. Alles, aber auch alles stimmt an ihrer Erscheinung. Beide fahren in die Staaten, um ihre Kinder zu besuchen, und sie scheinen sich sehr sympathisch zu sein. Wir waren wohl schon gut zwei Tage auf hoher See, mitten in diesem Sturm. Ich habe mir sofort Tabletten und Zäpfchen geben lassen, alles, um nicht seekrank zu werden. Das Schiff schaukelte so ekelhaft, dass es fast unmöglich wurde, sich wohl zu fühlen. An Schlaf war kaum zu denken, da ich mich in der Koje wie betrunken fühlte. Das Essen wurde immer opulenter, aber ich wagte kaum zu essen.

Mir fiel schon beim Abendessen auf, dass der Engländer und die Deutsche verdächtig blass aussahen. Aber sie kämpften sich durch alle Gänge, was ich erstaunlich fand. Am nächsten Morgen saß ich beim Frühstück, als die beiden nacheinander herangeschlichen kamen. Das konnte nicht gut gehen, beide sahen jetzt schon wie ausgespuckt aus. Als dann der Steward kam und Spiegeleier mit gebratenem Speck anbot, geschah es: Der Engländer wurde aschgrau im Gesicht, erhob sich, sagte: „Pardon me" und erbrach sich – im Speisesaal. Dieses Ereignis löste eine Kettenreaktion aus: Leute suchten fluchtartig das Weite und waren danach kaum mehr gesehen.

Wenn du seekrank bist, kannst du schon den Gedanken an fette, schwere Sachen nicht vertragen. Ich gehe grundsätzlich nur noch zum Frühstück und verbringe den ganzen Tag an Deck in einem Liegestuhl. Irgendwann kommt immer ein süßer Steward vorbei und bringt mir eine Brühe und Zwieback. Abends ist das schon anders. Da wird es erst richtig lustig beim Tanzen. Die Kapelle schwankt vor und zurück und auf der Tanzfläche fällt alles übereinander.

Liebe Mutti,

noch ein Brief von Bord. Morgen sind wir da! Es war eine sehr bewegte Reise, die die meisten Passagiere nicht gut überstanden haben.

Wenn ich mir jetzt überlege, ob mir die Fahrt gefallen hat, so kann ich nur mit ja antworten, allerdings mit Einschränkungen. Da ich jung bin, habe ich mich nicht mit den Panoptikumsfiguren abgeben müssen, sondern habe sehr netten Anschluss gefunden, konnte mich also herrlich amüsieren. Ich habe mich direkt verliebt, aber das macht nichts. Ich wurde oft so herrlich umschwärmt, dass ich mir sagenhaft vorkam. Wenn ich jedoch jemals wieder eine Schiffsreise über den Atlantik machen sollte, würde ich eine italienische Linie nehmen. Die fährt genau so lange, mit dem Unterschied, dass sie in Palermo, Gibraltar und Lissabon anhält; vor allem ist die südliche Route nicht so stürmisch wie die nördliche.

Nun hoffe ich nur, dass ich inNew York auch abgeholt werde. Diese Stadt soll für einen Fremden ein einziges Chaos sein. Es haben sich jedoch schon ein paar von der Besatzung angeboten, mich zum Kennedyflughafen zu bringen, falls niemand da sein sollte.

Ich muss ehrlich sagen, dass ich heute nicht mehr schreiben kann – ich bin einfach nicht in der Lage dazu. Einmal verursacht das die wilde See und zum anderen jenes besagte männliche Geschöpf, das neben mir sitzt und mich anstarrt. (Keine Angst, ich bleibe ledig.) Denk bloß nicht, dass ich dumme Sachen mache. Aber ich genieße die Überfahrt und ich freue mich, dass ich sie machen durfte. Dafür möchte ich mich noch einmal bei dir bedanken, liebste Mutti!

Der nächste Brief wird aus Detroit kommen. Vielleicht bin ich dann ein heulendes Bündel, weil mir der Abschied so schwer gefallen ist.

Bis dahin, alles Liebe, 1000 Küsse,
Eure glückliche S.

Es gäbe so viele Geschichten zu erzählen, aber sie sind alle unwesentlich. Das Wichtige war die Überfahrt, zehn stürmische Tage, die ich blind verliebt an mir vorbeiziehen ließ, ohne mir jemals Gedanken über das zu machen, was mich in der Neuen Welt erwarten würde. Erst später erkannte ich, dass das ein Muster für die nächsten Jahrzehnte sein würde.

New York 1965

Wir sitzen schon seit Mitternacht hier, eingemummelt in Decken, händehaltend. Wir wollen zusammen den ersten Blick auf das andere Ufer werfen. Langsam wird mir klar, dass die große Party bald vorbei sein wird. Rolf will nur ein Jahr in den Staaten bleiben. Diese Überfahrt hat sein Leben total verändert: Er hat die Reise mit seiner Verlobten angetreten und verlässt das Schiff allein. Unsere Begegnung ist emotional geladen: Wir fühlten uns dem Meer ausgeliefert, und in dieser Wasserwelt haben wir uns gefunden, beide mit dem Wunsch, auszubrechen, und beide ohne Idee, wie das konkret geschehen könnte. Wir bauen Luftschlösser und klammern uns aneinander, um die Angst nicht zu spüren, die uns lähmt. Wir werden einander wiedersehen und zueinander finden.

Langsam wird es hell und der erste Landstreifen wird sichtbar. Wie erstarrt halten wir einander fest. Es gibt nichts mehr zu sagen. Immer mehr Leute kommen an Deck. Der Himmel wird strahlend blau. Der Sturm ist vergessen. Viele kommen zum ersten Mal nach Tagen an die Luft. Es herrscht eine freudige, ausgelassene Stimmung. Warum spüre ich das nicht? Mir ist das Herz schwer. Langsam kann man Häuser erkennen und unaufhaltsam nähern wir uns dem Koloss New York. Es ist unbeschreiblich, die Skyline, die Einfahrt in den Hafen, vorbei an der Freiheitsstatue, die mir nichts bedeutet. Meine Augen sind nur auf das Land gerichtet, die vielen Autos, die gigantischen Gebäude, der Schmutz um den Hafen. Was mache ich hier nur? Das Schiff wird unaufhaltsam in den Hafen gelotst. Es gibt kein Zurück!

Dann geht alles rasend schnell. Jeder stürzt in seine Kabine und kommt mit seinem Gepäck wieder an Deck. Dann kommt die eigentliche Einwanderung: An einem Tisch sitzen drei Männer von der Einwanderungsbehörde vor langen Listen. Ein Passagier nach dem anderen muss vortreten, sich ausweisen. Das ist mein erster Kontakt in englischer Sprache, und es geht gründlich daneben. Auf die Frage, wohin ich denn wolle, sage ich (mit französischer Aussprache) Detroit und (mit englischer Aussprache) Michigan, woraufhin alle drei Männer laut lachen und mich korrigieren: Welcome to the United States! Ich komme mir richtig dumm vor, aber dann gehe ich über die Gangway runter in eine Halle.

Rolf ist irgendwo anders. Ich sehe ihn nicht mehr. Er hat mir seine Adresse gegeben. Ich denke jetzt auch gar nicht an ihn. Wer holt mich wohl ab? Die meisten Passagiere finden ihre Freunde und Familien sofort. Es ist zehn Uhr morgens und schon jetzt unwahrscheinlich heiß. Ich schmelze dahin in meinem schwarzen Wollblazer. Jetzt stehen nur noch ein paar Leute rum, aber keiner kommt mich holen. Ich muss mir unbedingt die Nylonstrümpfe ausziehen.

Jemand klopft mir dabei auf die Schulter. Ein junger Mann in einem schäbigen Unterhemd, in Nietenhosen und Turnschuhen grinst mich an und sagt "hi", was ich als „high" verstehe. Ich reagiere sofort, sehe hoch und schaue mir die Decke der Halle an. Endlich habe ich den zweiten Strumpf ausgezogen und in die Handtasche getan. Der Mann weicht nicht von meiner Seite. Er zieht einen Zettel aus der Tasche und sagt: „Are you Susan? I'm Jamie, I'm supposed to pick you up." Und plötzlich dämmert es mir: Er ist mein Kontakt!

Ich hatte einen Rechtsanwalt erwartet und nicht so einen Typ. Wie oft hatte ich mir die Begrüßung vorgestellt und eingeübt: „How do you do." War doch richtig, oder? Ein breites Grinsen geht über sein Gesicht. Dann kommt ein Wortschwall, von dem ich nur Fetzen mitbekomme. Er nimmt einfach meine Koffer und gestikuliert, dass ich ihm folgen soll. Habe ich eine Wahl? Auf dem Parkplatz steht sein Wagen, ein riesiges Cabrio. Die Koffer kommen auf den Rücksitz und los geht's. Ich muss erst am Abend nach Detroit. Jamie hat sich entschlossen, mir ganz New York zu zeigen.

Vielleicht wird es dir auch so gehen, Simón. Wenn du einmal da bist, weißt du gar nicht, wo du dich festhalten kannst. Alles ist unbekannt und aufregend, aber du bist auf vollkommenem Neuland und orientierungslos. So klammert man sich an jede Hand, die einen halten will. Aber mit jedem Augenblick wächst das Selbstvertrauen.

Liebste Mutti,

ich bin gut in Detroit angekommen. Allerdings war ich vollkommen übermüdet. Die Youngs waren bei meiner Ankunft leider nicht da (sie waren im Stau auf der Autobahn stecken geblieben) und so wusste ich gar nicht, was ich tun sollte. Ich setzte mich auf meine Koffer mitten in die Ankunftshalle und schlief ein. Man hätte mich kidnappen können. Doch dann weckte Mr. Young mich auf und alles war gut. Ich wurde zu Hause sofort ins Bett verfrachtet und schlief wie eine Tote.

Du musst wissen, dass ich in New York von einem netten jungen Mann abgeholt wurde. Der hatte sich vorgenommen, mir eine gründliche Tour dieser Metropole zu geben. Wir haben ganz Manhattan abgeklappert. Es war einfach herrlich. Wir fuhren in seinem Cabrio die ganze Fifth Avenue lang. Ich bin so voller Eindrücke, dass ich alles erst mal verarbeiten muss. Das ist schon ein Unterschied zu unserem kleinen Kaff!! Mit dem Englisch ging es so recht und schlecht. Zum Glück habe ich den Langenscheidt bei mir gehabt! Aber als wir im Waldorf Astoria zum Lunch waren, konnte der mir auch nicht helfen. Jamie (der junge Ami) fragte nämlich, was ich trinken wollte. Ich sagte, ich hätte gern einen Martini. Der Kellner sah mich immer so intensiv an. Ich dachte, ich muss wohl so was von attraktiv sein, dass er sich an mich heranmachen wollte, und ich ignorierte seine konstante Frage: „How old are you?" Er ließ nicht locker und so musste ich ihn deutlich zurechtweisen. In meinem besten Englisch erklärte ich ihm, dass man in meinem Heimatland eine Frau nicht nach ihrem Alter fragt. Woraufhin er mich grinsend darüber informierte, dass es ihm ganz egal sei, woher ich käme. In New York müsse man 21 Jahre alt sein, um ein alkoholisches Getränk zu bestellen. Ich könne jedoch nach New Jersey fahren, dort dürfe man schon mit 18 Jahren ein Bier trinken. Das war mir so peinlich! Jamie lachte nur und ich wunderte mich im Stillen, ob man uns das jemals in einer unserer Englischklassen gesagt hatte.

Überhaupt habe ich kaum etwas in neun Jahren Englischunterricht gelernt, was ich hier anwenden könnte! Aber ich scheine wider alle Aussagen meiner Lehrer eine ausgesprochene Sprachbegabung zu haben. Nach ein paar Tagen hier in Detroit bei den Youngs bin ich so richtig in Schwung gekommen. Ich bin ein bisschen jünger als ihre Töchter, durch die ich gleich alle möglichen Leute kennengelernt habe.

Die Amerikaner sind irrsinnig, herrlich und spontan. Als Allererstes musste ich mir die Beine rasieren – macht man so hier. Christina hat mich auch gleich zum Shopping mitgenommen. Also Karstadt ist gar nichts, verglichen mit den Geschäften hier.

Ich glaube, ich werde mich hier wohlfühlen, obwohl Detroit nicht gerade eine schöne Stadt ist. Man nennt sie „Motorcity", weil hier die großen amerikanischen Autokonzerne ihren Sitz haben. Es ist eine Arbeiterstadt. Die meisten Menschen malochen in einer der riesigen Fabriken. Erstaunlich ist, dass der größte Teil dieser Arbeiter in einem eigenen Haus wohnt und sich einen relativ hohen Lebensstandard leisten kann.

Mir geht es wirklich gut. Es ist schwer, sich an das heiße Klima zu gewöhnen. Mir wird schon ganz Angst und Bange, wie heiß es wohl in Florida sein wird! Wir sind hier doch an der Grenze zu Kanada und die Temperaturen sind wie im südlichen Europa.

Ich melde mich wieder, wenn ich in Miami angekommen bin. Vergesst bloß nicht zu schreiben, denn sonst fühle ich mich ganz allein auf der Welt.

1000 Küsse, Deine S.

Miami 1965

Ich nehme einen Nachtflug nach Miami. Jetzt weiß ich schon, wie sich das Fliegen anfühlt. Mein erster Flug nach Detroit war nicht so toll. Ich kam mir so allein vor und hörte jedes Geräusch der Maschine mit Panik. Eine nette Frau nahm sich meiner an und erklärte mir alles. Es ist einfach unglaublich, dass ich jetzt nach Florida fliege. Ich werde sehen, wo der letzte James-Bond-Film aufgenommen wurde! Florida! Ich erwarte ein tropisches Paradies: Südfrüchte, Palmen, einen langen, weißen Strand und das Meer.

Wie die Bates wohl sind? Eigentlich kann ich mich mit der Idee gar nicht anfreunden, dort als Au-pair im Haushalt zu arbeiten. Irgendwie ist mir das peinlich. Um ehrlich zu sein: Ich habe praktisch keine Erfahrung in Haushaltsdingen. Wo bin ich jetzt eigentlich? Deutschland ist so weit weg und ich fürchte, es gibt keinen Weg mehr zurück. Ich werde das nagende Gefühl nicht los, dass ich nicht hierhin gehöre. Egal, alles ist besser als mein vorheriges Leben. Da habe ich auch nicht hingepasst. Vielleicht werde ich doch eine richtige Amerikanerin. Ich habe kein Zeitgefühl mehr. Alles geht so schnell. Ich bin unwahrscheinlich nervös und wünschte, die Ankunft läge schon hinter mir. Was, wenn die Bates nicht da sind? Aber ich kann ja immer in Detroit anrufen. Mr. Young hat mir ausdrücklich ans Herz gelegt, sofort per R-Gespräch bei ihm anzurufen, wenn irgendwas nicht klappt. Er ist überhaupt rührend und scheint mich als Tochter zu betrachten. Was Rolf wohl macht? Ich habe ihn noch nicht vergessen. Er ist meine Verbindung zu der alten Welt. Wir sind jetzt auf dem Anflug auf Miami. Unter uns liegt ein Lichtermeer.

Liebste Mami,

ich bin gut angekommen. Es ist unglaublich, aber ich bin in Miami. Die Bates sind reizende, interessante Menschen. Das Haus ist sehr schick (leider Gottes sehr groß), im spanischen Stil gebaut. Miami ist eine Wucht, genau so, wie ich es mir vorgestellt habe, mit wedelnden Palmen und blauem Meer. Das Klima macht mir jedoch zu schaffen: Wir haben an die 40° hier. Zum Glück gibt es Air Conditioning im Haus, denn nur so lässt sich die Hitze ertragen. Ich wage mich kaum raus, obwohl wir in der schönsten Gegend Miamis wohnen. Ich brauche nur zwei Straßen zu überqueren und ich bin am Meer! Öffentliche Strände gibt es jedoch kaum, alles gehört zu irgendwelchen Hotels. Boy, mir fehlt mein Koffer! Er soll ja erst im Juli ankommen. Mrs. Young wird meine Wintersachen rausnehmen und ihn mir dann nachschicken. Ich habe ja nur dicke Sachen hier. Deshalb laufe ich nur im Bikini umher und schwitze mich immer noch halb tot. Jeder Windzug ist heiß. Sogar die Bananenstauden und Orangenbäume vertrocknen hier. Ich weiß nicht, ob ich das lange aushalten werde. Vielleicht gehe ich doch bald wieder nach Detroit zurück. Ich denke ernsthaft daran zu studieren. Irgendwas muss ich ja machen. Mr. Young sagte mir, dass die Universität Michigan sehr renommiert ist. Dort würde ein Studium für mich auch viel billiger sein, weil Michigan meine Residenz ist. Ich bin ja dorthin ausgewandert. In Miami müsste ich sehr viel mehr bezahlen und das könnte ich mir gar nicht leisten. Manchmal spiele ich mit dem Gedanken, Nonne zu werden. Ich könnte ja Weinbrände herstellen.

Auf der anderen Seite dachte ich daran, Englischkurse hier in Miami zu belegen. Die sind nämlich wahnsinnig billig: $ 3 für 3 Monate! Aber die sind für Analphabeten gedacht, d. h. Flüchtlinge aus Kuba, die es hier in Massen gibt. Aber das lohnt sich für mich nicht, ich glaube, es ist besser, wenn ich fernsehe und Radio höre. Dann kriege ich schon alles mit, was ich brauche, um hier überleben zu können, denn so lernt man wenigstens die Umgangssprache.

Mami, könntest du mir bitte schnellstens dein Käsekuchenrezept und auch das für Apfelstrudel senden? Gut wäre noch, wenn du mir schreiben würdest, wie man Königsberger Klopse macht. Ich muss einfach anfangen zu kochen, denn die Youngs haben eine ganz eigenartige Ernährungsweise. Zum Frühstück gibt es immer frischen Orangensaft, Frosted Flakes, d. h. gezuckerte Cornflakes, und entsetzlichen Toast. Das „Brot" ist ein Trauma für mich: Es ist weiß und wabbelig. Vor dem Frühstück essen die beiden einen Löffel Vaseline, das ist eine Petroleumpaste. Mrs. Bates ist Ärztin und glaubt, dass das der Verdauung gut tut. Ich brauche das nicht! Lunch machen wir nicht, da Mrs. Bates im Krankenhaus isst. Ich mache mir dann meistens unzählige Sandwiches aus diesem wabbeligen Brot. Davon kann doch kein Mensch satt werden. Zum Dinner gibt es immer dasselbe: montags Chicken, dienstags Beef, mittwochs Pork Chops, donnerstags Fisch, freitags Hamburger, sonnabends chinesisches Essen und sonntags Lamm. Dazu gibt es Gemüse oder Salat und Kartoffeln. Ich MUSS kochen lernen.

Das wär's für heute. Schick mir bitte ein paar Rezepte!

Bis bald, alles Gute, grüße alle, die sich an mich erinnern, viele Küsse,
Deine S.

Der Alltag wird ein Problem für mich. Ich kann nichts mit meiner Freizeit anfangen. An die Hausarbeit habe ich mich schon lange gewöhnt. Das Haus ist zwar groß, aber leicht zu bewirtschaften. Es gibt auch hier eine Routine, die ich schnell gelernt habe und mit der ich klarkomme. Wenn ich um neun Uhr anfange, bin ich um elf fertig.

Mr. Bates zeigt ziemliches Interesse an mir. Er sollte ja eigentlich in die Sowjetunion fliegen, deshalb bin ich doch hier – weil Mrs. Bates nicht allein sein wollte, aber er geht nicht. Er redet gern mit mir und das fördert auch mein Englisch. Manchmal kommt es mir so vor, als hätte der irgendwelche Hintergedanken.

Ich bin kaum draußen, denn ich habe mich fürchterlich in der Sonne verbrannt. Früher hätte ich alles drum gegeben so braun zu sein, wie ich es jetzt bin. Warum haben Deutsche eigentlich diese Obsession? Ich werde hier am Strand regelmäßig von allen möglichen Männern belästigt. Mir ist schon aufgefallen, dass ich so ungefähr die Einzige bin, die einen richtigen Bikini trägt. Die amerikanischen Frauen sehen irgendwie zugeschnürt aus. Es gibt nur zwei Mädchen, die auch in Bikinis rumlaufen. Ich habe sie neulich kennengelernt. Sie kommen aus Schweden, sind beide Jurastudentinnen und verbringen ihren Sommer hier in Florida. Die Männer schwirren nur so um die beiden herum. Ich möchte davon Abstand halten, denn die meisten dieser Typen sind Kubaner und die Bates haben mir geraten, sie links liegen zu lassen. Irgendwie gehören die nicht hierher. Ich bin ein bisschen enttäuscht über die Klientel am Strand. Es kommt mir so vor, als ob hier eine „zweite Garnitur" rumläuft. Ein Beispiel wäre die Sekretärin aus New York, die ich kennengelernt habe. Sie kann es sich nur im Hochsommer leisten, hierherzukommen – in dieser unwahrscheinlichen Hitze. Kein Mensch kann das aushalten, der nicht an solche Mordstemperaturen gewöhnt ist. Man lebt praktisch in einer Sauna, die jeden Nachmittag durch einen heftigen Regen kurz gelindert wird. Diese Frau motiviert nur ein

Gedanke: endlich einen Mann zu finden, möglichst einen reichen, um nicht mehr arbeiten zu müssen. Ich begreife das nicht, denn das „Angebot" an Männern ist hier sehr unseriös. Sieht sie das gar nicht?

Das Tollste ist, dass ein Mafiamann mir angeboten hat, mich zu beschützen. Vor wem? Er sagt, vor den Kubanern. Und die beiden Schwedinnen haben mich auch sehr überrascht. Besser gesagt, ich habe entdeckt, dass ich unwahrscheinlich naiv bin. Die beiden haben in ihrem Apartment eine Party gegeben und mich dazu eingeladen. Zu meiner Überraschung finanzieren sie ihren Urlaub durch Prostitution. Ich komme mir vor wie jemand, der hinter dem Mond gelebt hat. Auf einmal packt das Leben zu und ich werde mit Dingen konfrontiert, die ich nur in schlechten Romanen gelesen habe. Ich bekomme leichte Panik. Ich spüre, dass auch bei den Bates etwas nicht stimmt. Ich kann mit niemandem darüber sprechen, nicht einmal mit Rolf. Der schreibt mir immer noch und ruft mich auch oft an. Er gibt mir das Gefühl, dass da jemand ist, der mich hier in Amerika vermisst. Ich brauche das.

Der einzige andere Kontakt in Amerika sind die Youngs in Detroit. Mr. Young hat mir eine Kopie der amerikanischen Verfassung geschickt. Ich soll sie gut durchlesen, alle 742 Seiten! Aber das ist keine Lektüre, das ist eine Qual für mich. Am liebsten würde ich das Buch in den Atlantik schmeißen, aber mein Pflichtgefühl sagt mir, ich muss da durch. Meiner Mutter schreibe ich immer noch über meine amerikanischen Erfahrungen.

Liebste Mutti,

auf deine Frage zu den Bates möchte ich so antworten: Es sind erträgliche Leute, wenn ich sie auch nicht mehr so besonders finde, wie ich es am Anfang tat. Mrs. Bates ist manchmal ein bisschen unberechenbar und launisch, aber meistens vertragen wir uns ausgezeichnet. Mr. Bates ist sehr nett und freundlich zu mir. Ich unterhalte mich oft mit ihm. Er fährt morgens meistens auch weg, sodass ich oft allein im Haus bin. (Mrs. Bates ist Ärztin, er Professor.) Was wäre sonst noch über sie zu sagen? Am Nationalfeiertag waren wir drei auf ihrer Ranch im Inneren Floridas. Dort haben sie ein riesengroßes Stück Weide, auf der sich unzählige Rinder tummeln. Es war richtig wie im wilden Westen. Drei waschechte Cowboys warteten schon auf uns. Sie schwangen sich auf ihre Broncos und trieben die Herde zusammen. Ich erwähnte, dass ich ganz gut reiten kann. Daraufhin stieg einer der Cowboys ab und reichte mir die Zügel seines Pferdes. Ich glaube, ich saß eine Sekunde auf dem Gaul, bevor er sich aufbäumte und mich abwarf. Wie benommen saß ich auf der Weide, als mir ein eigenartiges, unbekanntes Geräusch auffiel. „Rattlesnakes", Klapperschlangen, war die Antwort ... Ich habe den Rest des Nachmittags im Cadillac verbracht, in dem eine Hitze wie in einer Sauna herrschte. Egal, so habe ich meinen ersten Ranchbesuch überstanden.

Habe ich dir schon mal über die Entfernungen in diesem Land geschrieben? Die Vereinigten Staaten sind von Küste zu Küste über 3.000 Meilen und von Kanada bis Mexiko 1.600 Meilen groß. Die Entfernungen sind hier so riesig, dass man nicht „mal schnell" in die Stadt oder zum nächsten Supermarkt gehen kann. Man muss ein Auto haben, denn das öffentliche Verkehrssystem ist mangelhaft. Nur die Ärmsten der Armen, die Schwarzen und die Kubaner, sind auf Busse angewiesen. Mir wurde ans Herz gelegt, nur im Notfall mit einem Bus zu fahren.

Stell dir vor, neulich bin ich getrampt! Ein alter schwarzer Mann hat mich mitgenommen. Er war schockiert darüber, dass ich per

Anhalter nach Miami Beach wollte. Er ist richtig böse mit mir geworden und hat versucht, mich vor den Gefahren des Trampens zu warnen. Er fuhr mich bis vor meine Haustür und ich musste ihm versprechen, nie wieder per Anhalter zu fahren. Natürlich habe ich das den Bates nicht erzählt.

Apropos Supermarkt: Es ist schon verrückt, aber wenn die Leute hier einkaufen, sieht es so aus, als stünde ein Desaster bevor. Man kauft in so riesigen Mengen ein, dass es für einen Monat genügen sollte. Die Kühlschränke sind dementsprechend gigantisch.

Eine andere Sache, die mir total auf die Nerven geht: Überall, wohin man auch geht, wird man mit Musik berieselt. Egal ob du beim Schuster, Friseur, im Supermarkt oder Modegeschäft, auf der Toilette oder besonders am Strand bist, immer spielt Musik. Es ist eine Geräuschkulisse, auf die ich gern verzichten würde.

In Miami ist im Augenblick der Teufel los, denn die Miss-Universum-Wahlen finden hier statt. Es ist schon beeindruckend zu sehen, wie viele reiche Leute es gibt. Ich halte mich von dem ganzen Rummel fern. Die Bates haben mich am Wochenende zum Tauchen mitgenommen. Wir sind in die Keys gefahren, das sind viele kleine Inseln, die vor dem Süden Floridas liegen. Bates sind beide leidenschaftliche Tiefseetaucher und haben auch die dazu nötige Ausbildung. Ich durfte nur schnorcheln, aber es war faszinierend. Die Karibik ist so herrlich transparent, dass du dir wie Hans Haas vorkommst: Unter dir liegen kleine Korallenriffs und exotische Seepflanzen, die von bunten Fischschwärmen umgeben sind. Ich habe sogar meinen ersten kleinen Hai gesehen. Das war das Größte!

Das wär's dann für heute. Lass es dir gut gehen und schreib bald wieder,

  1000 Küsse, Deine S.

Mir ist schon lange klar, dass ich aus Miami wegmuss, aber welche Alternativen habe ich? Heute weiß ich, dass ich eine Richtung wählen muss. Das mit der Nonne war ja nur Unsinn, oder? Manchmal sehne ich mich nach etwas Definiertem, um zu wissen, wo ich hin gehöre. Als Nonne würde ich Teil einer Gemeinschaft sein. Ich könnte mich ja einem Kloster anschließen, wo Liköre, Obstler oder Weine hergestellt werden. Mit der Religion würde ich das auch schaffen. Nach Miami ist alles möglich.

Unglaublich, aber Mr. Bates hat versucht, mich für einen Call-Girl-Ring zu interessieren. Anscheinend organisiert er ihn mit. Man ist an europäischen Mädchen interessiert (weil die kultivierter sind?). Meine einzige Aufgabe wäre, Verabredungen mit Herren aus gehobenen Gesellschaftskreisen wahrzunehmen. Natürlich würde ich sie lediglich in die feinsten Restaurants der Stadt begleiten. Die Garderobe, ein Apartment und, da ich ja Interesse an einem Studium hätte, die Studiengebühren würden finanziert. Dazu würde ich ein monatliches Gehalt von $ 600 beziehen. Diese Herren seien größtenteils aus Regierungskreisen oder auch Industrielle, die kurz hier in Miami zu tun hätten. Anonymität sei oberstes Gebot. Offenbar bediente man sich eines Briefkastens, wo diese Herren ihre individuellen Wünsche äußerten, woraufhin ihnen dann Mädchen zugeschleust wurden. Mr. Bates organisiert diese Rendezvous. Ich habe es von Anfang an gespürt, dass etwas in diesem Haus nicht stimmt! Dabei weiß ich nicht, ob Mrs. Bates von den Tätigkeiten ihres Mannes weiß. Ich kann sie einfach nicht einschätzen. Mir wird der Aufenthalt hier immer unangenehmer.

Ich begann auch, mich für die Bates zu schämen. Der Garten wurde nämlich von einem älteren Kubaner gepflegt. Ich hatte ihn schon oft bei uns gesehen, jedoch noch nie mit ihm gesprochen. An irgendeinem Tag war ich zufälligerweise im Pool. Mr. Bates umkreiste mich wie ein Haifisch, als der alte Mann zu uns kam und ihn etwas fragen wollte. Ich konnte sein Englisch kaum verstehen, da er nur ganz gebrochen sprach. Mr. Bates gab ihm die gewünschte Auskunft und ließ ihn dann links liegen. Wir kamen ins Gespräch und ich wollte wissen, was der Mann wollte. Mr. Bates erklärte mir, dass das mal ein alter Freund von ihm war, der auf Kuba Großgrundbesitzer gewesen war. Vor der kubanischen Revolution waren die Bates sehr oft übers Wochenende nach Kuba gefahren, um dort auszugehen. Meistens wohnten sie dann auf der Hacienda dieses Mannes. Als er später fliehen musste und alles verlor, empfanden die Bates es als „Ehrensache", ihrem alten Freund einen kleinen Job anzubieten, damit er ein Einkommen hätte. Damit war die Freundschaft beendet. Alles in mir hat sich vor dieser Haltung geekelt. Erst jetzt ging mir auf, dass sämtliche Beobachtungen und Ratschläge, die Kubaner betrafen, rassistischer Natur waren. Alles ist eine große Show, was überhaupt den gesellschaftlichen Umgang der Amerikaner untereinander charakterisiert. Hier wird jede Frau mit „honey" angeredet und vom Präsidenten bis zum letzten Schuhputzer benutzt man nur die Vornamen. Jeder scheint mit jedem in einem freundschaftlichen Verhältnis zu stehen, was aber ganz und gar nicht stimmt.

Ich habe einen netten Kerl aus Washington kennengelernt, den ich jetzt öfters sehe. Er heißt Fred. Wir verstehen uns sehr gut und er will mich anscheinend in Michigan besuchen (was nie geschah).

Und dann begann die Hurricane Season. Jeder Haushalt soll eine Hurrikan-Karte haben, auf der man dann die herankommenden Stürme eintragen und so verfolgen kann. Ich hatte gerade den alten Film mit Dorothy Lamour gesehen, wo sie sich, um zu überleben, während eines Monstersturms an einen Baum hat fesseln lassen. Egal, wie stark der Orkan wütete, sie sang immer noch. Ich nehme das Ganze nicht so ernst. Leute erzählen einem immer Gruselgeschichten, die immer mehr mit der eigenen Fantasie zu tun haben als mit der Wirklichkeit.

Ich machte mir keine großen Gedanken darüber, denn ich hatte ja andere Dinge zu tun, wie die Verfassung der Staaten mit großem Widerwillen zu lesen in der Hoffnung, sie bald durchgearbeitet zu haben. Anscheinend brauchte ich dieses Wissen für die Uni. Ich war mir jetzt sicher, dass ich studieren werde. Mr. Young hatte mir in Michigan schon eine neue Au-pair-Stelle besorgt. Ich würde wieder in eine Arztfamilie kommen. Meine Aufgabe würde es sein, die Kinder zu betreuen: einen 4-jährigen Jungen und ein 6-jähriges Mädchen. Ich hatte von Kindern zwar gar keine Ahnung, aber das würde ich schon hinkriegen. Tagsüber waren die beiden in der Schule, sodass ich nur am Nachmittag für sie verantwortlich wäre. So könnte ich morgens zur Uni gehen. Anscheinend hatte diese Familie schon ein ausländisches Au-pair aus dem Libanon gehabt, die sich ihre Ausbildung auch so finanziert hatte. Mrs. Ross machte einen überaus freundlichen Eindruck am Telefon. Sie würde mich wie eine Tochter behandeln, was ich suspekt fand, denn sie hörte sich sehr jung an. Sie betonte, dass beide gern ins Theater und in Konzerte gingen und dass ich gegebenenfalls mitkommen könnte. So richtig begeistert war ich nicht von der Idee, aus diesem tropischen Klima in den hohen Norden zu ziehen, aber ich konnte einfach nicht bleiben.

Mr. Bates war endlich auf seine Expedition in die Sowjetunion geflogen. Mir fiel eine Last von der Seele und für flüchtige Momente glaubte ich wirklich, dass jetzt alles gut würde. Mrs. Bates musste voll über die schmutzigen Aktivitäten ihres Mannes Bescheid wissen, denn sie behandelte mich jetzt wie eine Feindin. Wie konnte ich ihr von den unzähligen Annäherungsversuchen erzählen? Ich ertrug einfach ihre Behandlung, denn ich wusste, dass ich bald weggehen würde.

Liebste Mami,

dies ist der letzte Brief aus Miami. Ich fahre am Montag nach Washington. Mein großer Koffer ist schon in Detroit und ich hoffe, dass der schwarze nicht zu schwer wird. Allein meine Kosmetiksammlung wiegt so viel! Ich habe so viele Flaschen und Töpfchen, Cremes und Shampoos, Nagellacke und Lippenstifte, dass ich nicht weiß, was ich mitnehmen soll. Meine Lippenstiftsammlung ist eine Wucht: mit Orangen-, Zitronen-, Ananas-, Schokoladen- und Pfefferminzgeschmack! Einige haben eine drollige Aufmachung: sie haben Hüllen, die wie Puppen aussehen. Das ist der „Bikini-Beat" von Cutex.

Hoffentlich habe ich nicht zu dicke Sachen für die Rückfahrt eingepackt, aber Mrs. Bates sagt, dass New York jetzt „europäische" Temperaturen hat, also für unsere Begriffe soll es schon kühl sein.

Es scheint, als ob ich nun doch noch einen Hurricane mitbekomme: Vor den Bahamas liegt Hurricane Betsy. Er soll bis jetzt Windstärke 85-100 Meilen haben und nähert sich unaufhaltsam diesem Teil Floridas. Wenn nicht ein Wunder geschieht, müsste er Sonntag oder Montag Miami erreichen. Das wäre ja ein schöner Mist, denn dann fliegt kein Flugzeug nach Virginia! Man sieht einem Hurricane hier mit gemischten Gefühlen entgegen, denn man hat gerade erst alle Schäden des letzten Sturms in der letzten Saison beseitigt. Die Touristen werden als Erste schnellstens evakuiert. Man empfiehlt auch der Bevölkerung, ihre Grundstücke zu verlassen, aber die meisten scheinen sich nicht darum zu

kümmern. *(Es besteht ja immer die Gefahr von Plünderungen.)*
Ich werde das auch so machen, denn das Schlimmste, was mir
passieren könnte ist, dass ich meine Reise verschieben müsste.
Wir wohnen in einem gut gebauten Haus, das schon viele Hurri-
canes überstanden hat. (Im letzten Jahr flog anscheinend das
Dach weg.) Jetzt beginnt eine gute Saison für Ärzte (die Kokos-
nüsse fliegen dann in der Luft herum, was schon so manchen
Schädelbruch verursacht hat, also am besten erntet man die
Dinger jetzt). Dachdecker und Glasermeister haben auch Bom-
benjobs!
Auf jeden Fall hatte ich eine schöne, amüsante und sonnige Zeit
hier, an die ich noch lange zurückdenken werde. Besonders an-
gesichts der Tatsache, dass ich jetzt zurück in die Penne muss,
und das noch auf Englisch!!
Ich melde mich aus Washington und New York,
ein Busserl, Deine S.

Alles kommt ja immer anders, als man denkt, und kurz nach
diesem Brief passierte das Unglaubliche: Betsy! Am Vortag meines geplanten Abflugs war es schon klar, dass der Hurricane
innerhalb der nächsten 24 Stunden an Land kommen würde, und
zwar in Miami. Alle Flüge wurden storniert, es gab keinen Weg
mit öffentlichen Verkehrsmitteln aus der Stadt. Der Himmel war
so grau verhangen, wie ich es von Deutschland her gewöhnt
war, mit dem Unterschied, dass es recht warm war. Je intensiver
der Wind wurde, desto mehr nagelten die Leute Bretter vor ihre
großen Fenster. Die Hotels konnte man nicht schützen. Ich empfand es als eigenartig, dass so viele Surfer begeistert an den
Strand liefen. Endlich mal richtige Wellen! Mrs. Bates und ich
taten gar nichts. Unser Haus war stark wie ein Fels. Dazu kam,
dass so ein Ereignis eine alte Kamelle für sie war. Ich wusste

nicht, was ich zu erwarten hatte. Als die Windstärke sich auf 110 Meilen hochgeschraubt hatte, begann ich Angst zu bekommen. Auch mein zweiter Hurricane Jahre später war ein schreckliches Erlebnis. Der Sturm wütete eine gefühlte Ewigkeit. Mrs. Bates und ich mussten uns in die erste Etage flüchten, weil das Wasser von unten her ins Haus strömte. Man konnte kaum etwas sehen: Eine graue Wasserwand schob sich uns entgegen, unter der die Bäume auszureißen drohten. Das Schlimmste war das unwahrscheinliche Getöse: Man konnte so laut schreien, wie man wollte, aber der Sturm war lauter. Gegenstände flogen durch die Luft, es war, als ob die Welt unterging. Dann schob sich das Auge über die Stadt und urplötzlich herrschte eine Totenstille. Ich dachte, alles wäre vorbei. Weit gefehlt, nach kurzer Atempause ging es wieder los, bloß dieses Mal kam der Wind aus der entgegengesetzten Richtung. Die Bates verloren ihr über alles geliebtes Hausboot in diesem Orkan und ich musste Miami per Bus verlassen.

Auf meiner 18 Stunden langen Reise nach Washington hielten wir um vier Uhr morgens in Charleston, South Carolina, an. Ich stieg kurz aus, um mir die Beine zu vertreten. Die Busstation war in der Innenstadt. Ich hatte noch nie in meinem Leben einen so heruntergekommen Ort gesehen. Ich war in der dritten Welt, zumindest stellte ich sie mir so vor. Die Gebäude waren alle in schlechtem Zustand, wir schienen mitten in einem Slum zu sein. Damals schwor ich mir, niemals in so einer Stadt zu leben. Ich wusste auch nicht, dass Charleston einen wunderschönen Antebellum-Kern hatte. Das entdeckte ich alles viel später, als mein Schicksal mich noch einmal in den Süden schickte, und zwar nach South Carolina.

Da sind so viele Bilder in meinem Kopf. Sie ziehen an meinem geistigen Auge vorbei wie ein Film, den ich nicht anhalten kann. Oder sie sind wie ein Traum, aus dem man aufwacht und an den man sich nur stückweise erinnern kann. Oft machen die Fetzen keinen Sinn und bald vergisst man ihn ganz. Die Erinnerung ist doch nur ein Filter, durch den man sein Leben von Weitem betrachtet, lieber Simón. Vielleicht basieren auch viele Erinnerungen gar nicht auf der Wirklichkeit, vielleicht legt man sich alles nur so zurecht, um seinem Leben einen roten Faden zu geben. Ich weiß nur, dass einige Ereignisse im Nachhinein wichtiger als andere sind, und nur die bleiben im Gedächtnis.

Ich hatte noch schöne Tage in Washington DC und New York, wo ich endlich Rolf wiedersah. Szenen schwirren in meinem Kopf herum, die ich lieber begraben möchte. Meine erste Liebesnacht war unspektakulär. Hier kommt die offizielle Version:

Liebste Mutti,
unsere Ankunft in New York war dramatisch. Wir wurden zwar von Rolf abgeholt, hatten uns vorher jedoch nicht um eine Unterkunft gekümmert. So fuhren wir bis 4:30 durch ganz Manhattan und versuchten, ein billiges Hotel zu finden. Die Straßen waren voller Obdachloser, und einen Augenblick dachte ich daran, auch draußen zu schlafen. Zum Glück erinnerte sich ein amerikanischer Freund von Rolf an das YMCA/ YWCA, eine Art christliche Jugendherberge. Wir taten so, als wären wir gerade in

Amerika angekommen und könnten gar kein Englisch. Nur so
gelang es uns, dort ein Quartier für nur $ 3.50 zu bekommen!
Man hat einen eigenen Raum, den man abschließt, und man
kann kommen und gehen, wann man will. So genießen wir New
York, seufzen vor den schicken Geschäften der Fifth Avenue, die
wir uns nicht leisten können. Auch gut!
Ich melde mich aus Michigan,

1000 Busserl, Deine S.

Ich hatte mich schon verändert und war auf dem Weg in einen neuen Lebensabschnitt, ohne zu wissen, in welche Richtung ich gehen wollte. Alles war neu und aufregend, und jeder Tag brachte neue Möglichkeiten! Einige meiner Schiffsbekanntschaften fuhren im September wieder nach Deutschland zurück. Ich kam mir jetzt wirklich verlassen vor, als ich allein zum zweiten Mal nach Michigan flog.

Ann Arbor 1965

Ja, lieber Simón, Ann Arbor. Sonst wärst du ja gar nicht zustande gekommen. Damals gab es deine Mutter auch noch nicht. Und ich war nun 19 Jahre alt.

Auf der Fahrt von Detroit nach Ann Arbor habe ich den Unterschied zwischen „good" und „well" gelernt. Das lag Mr. Young sehr am Herzen. Ich denke mir, das ist einem gebildeten Amerikaner so wichtig wie es einigen Deutschen Wörter wie „zumindest" oder „mindestens" und „der, die, das Einzige" sowie auch „wegen des" sind. Es gab auch eine Moralpredigt über sittsames Verhalten. Die ging allerdings rein in ein Ohr und kam gleich aus dem anderen wieder raus. Da ich Miami überstanden hatte, brauchte ich solche Ratschläge nicht. Ich war um einige Erfahrungen reifer geworden.

Die Familie Ross war erfrischend nach den Youngs in Miami. Es war ein Ehepaar in den Dreißigern mit zwei Kindern. Dr. Ross war Psychiater (geprägt vom Einfluss Sigmund Freuds), Mrs. Ross war Hausfrau und *Socialite* – sie lebte für ihre Partys. Er hatte den Hang zum Alkoholismus und sie den zur Magersucht. Die Kinder, Jamie und Nancy, waren klein und hyperaktiv. Ich hatte noch nie zuvor Kontakt mit kleineren Kindern gehabt. Um ehrlich zu sein, ich habe sie nie bemerkt. Ich sollte also als „Nanny" tätig sein und hoffte, dass ich es hinkriegen würde. Die Kinder waren anfangs nicht sehr begeistert von mir, denn ihr vorheriges Kindermädchen lag ihnen noch immer am Herzen. Ich wollte gar nicht um ihre Sympathien kämpfen, sondern ging die Sache ganz locker an. Ich hatte wirklich keinen Plan. Die Eltern hatten übrigens auch keinen und darum gab es oft erstaunliche

Szenen zwischen Eltern und Kindern, die mich sehr beeindruckten.

Der Alltag in Ann Arbor lastete mich voll aus. Um 6:30 ging es los: die Kinder mussten für die Schule fertiggemacht werden. Danach ging ich zur High School (ich musste ja ein Diplom bekommen), wo ich bis 15:30 blieb. Zu Hause kümmerte ich mich dann um die Kinder, half manchmal mit dem Abendessen und wenn die Kleinen um 20:30 ins Bett mussten, begann ich mit meinen Hausaufgaben. Ich war wie besessen und wollte alles sehr sorgfältig durcharbeiten und vorbereiten; ich hatte mich in der Zwischenzeit zu einer Musterschülerin entwickelt. Im Gegensatz zu meinen Schulerfahrungen in Deutschland wurde mir das Lernen eine Freude, ja es steigerte sich fast zu einer Sucht. Auf einmal machte es mir Spaß, akademisch voranzukommen. Das Verhältnis zwischen Lehrern und Schülern war schon vor vierzig Jahren ein ganz anderes als das, woran ich in Deutschland gewöhnt war. Ich wurde motiviert und gelobt und gestärkt, was mich antrieb, immer besser zu werden. Meine Zeugnisse waren exzellent und ich wusste, dass ich den Sprung auf die Uni schaffen würde.

Liebste Mamy,

ich war gestern in der Uni und hatte dort mein erstes Interview. Ich wurde nach meinen Zeugnissen aus Deutschland gefragt und musste meine größten Gesprächskünste aufwenden, um das deutsche Schulsystem und seine Dokumente zu erklären. Ich wurde gebeten, das Zeugnis schriftlich zu übersetzen und selbst zu kommentieren. Mein Zeugnis aus Ann Arbor wurde voll angenommen und mir wurde signalisiert, dass ich gute Chancen zur Aufnahme hätte. Also, zu 99 % bin ich schon für das nächste Semester, das im Februar beginnt, zugelassen! Ich muss im De-

zember den SAT-Test machen. Das ist ein fieser Test, in dem gemessen werden soll, was man weiß und kann. Ich habe auf meine katastrophalen Kenntnisse in der Mathematik hingewiesen, aber das scheint kein Hindernis zu sein; Mathe ist nicht allein ausschlaggebend für die Bewertung. Wichtig für mich wäre, dass ich in Englisch gut abschneide, und das traue ich mir zu. Ich werde zwar kein Lexikon zur Verfügung haben und muss unter einem genauen Zeitplan alle Aufgaben bewältigen und das alles unter strenger Bewachung. Das ist so ein amerikanisches Ritual, das alle Schüler durchmachen müssen, eine Art Feuertaufe. Wenn ich das Ding schaffe, würde ich schon im Februar mit dem Studium beginnen, also wenn meine Freundinnen das Abi machen bin ich schon auf der Uni. Das kannst du mal in der lokalen Zeitung drucken lassen!!! Meine alten Pauker, die kein bisschen daran glaubten, dass jemals was aus mir wird, werden aus allen Wolken fallen. Besonders Frau Mahler, die meiner alten Klasse gesagt hat, dass ich nach Amerika passe, weil man dort nicht denken müsse. Ich hoffe nur, dass dieser Ehrgeiz, immer besser zu werden, mich nicht verlässt. Aber ich werde bei jeder guten Zensur gelobt und aufgebaut, was ich so noch nie erlebt habe.

Heute ist Halloween. Das ist eine Art Maskerade. Die Kinder gehen am Abend in ihrer Nachbarschaft in Kostümen mit einem Plastikkürbis oder einer großen Papiertüte von Tür zu Tür. Dort klingeln sie und sagen „trick or treat". Die Leute geben ihnen dann Süßigkeiten. Sollten die Kleinen nichts bekommen, beschmieren sie die Fensterscheiben oder bemalen das Haus oder tun irgendetwas etwas Boshaftes. Die Häuser sind mit Hexen, Skeletten, Spinnen oder Kürbissen geschmückt. Amerikanische Kinder sind komisch: Sie weinen, wenn ein Tier friert, und amüsieren sich über Mord und Totschlag!

Ich muss Schluss machen. Auf mich warten noch drei Themen: Jacobus Arminius, Charles Dickens und der Humanismus. Was ich noch alles lernen muss!!
Viele Küsse,
Deine S.

Langsam wurde es angenehm kalt. Zuerst hatte ich richtig Probleme mit dem Fahrenheitsystem. Als im Radio die Temperatur mit 35 Grad angegeben wurde, zog ich mich ganz leicht an. Der Himmel war strahlend blau, die Sonne schien und ich dachte nur daran, meinen car pool nicht zu verpassen. Als ich nach draußen ging, bemerkte ich meinen Fehler sofort und hatte kaum Zeit, mich umzuziehen. Mit der Kleidung gab es auch ein neues Problem, das später dermaßen eskalierte, dass meine Garderobe irgendwann in fünf Riesenwandschränke ausartete. Man „darf" niemals dasselbe wie am Vortag tragen. Man sollte auch nicht denselben Pullover zweimal in der Woche anziehen. Außerdem achtet ein amerikanischer Teenager extrem auf Modemarken. Ich war also für lange Zeit auf „Spenden" meiner Mutter angewiesen. Ich verdiente ja kein richtiges Gehalt, sondern bekam nur ein paar Dollar die Woche als Taschengeld. Dafür hatte ich eine Unterkunft und wurde verpflegt. Das Essen blieb auch ein großes Problem, denn ich konnte mich nicht an die labbrigen Sandwiches zum Mittag gewöhnen. Wenn ich Schwarzbrot aus Deutschland bekam, wurde das wie Gold gehortet. Frau Ross fiel es schon auf, wie sehr ich meine gewohnte Kost vermisste, und ging mit mir deshalb ins Old German Restaurant. In Ann Arbor wohnten nämlich recht viele Deutsche. Die meisten waren Schwaben. So habe ich die Szene meiner Mutter beschrieben:

Es gibt hier in Ann Arbor übrigens ein deutsches Restaurant. Da es hier von Schwaben geradezu wimmelt, kann man in den Geschäften alle möglichen deutschen Artikel kaufen: Unterwäsche (die typischen „Garnituren", die hier sonst unbekannt sind), angeblich deutsches Brot (das aus Toronto kommt), deutsches Bier, deutsche Bratwurst und den dazugehörigen Senf, „deutsches" Fleisch, Kölnisch Wasser, Lübecker Marzipan usw. Aber was man dann im „deutschen" Lokal als echt deutsche Kost serviert bekommt, kann nur Amis „deutsch" schmecken. Allerdings findet man auf der Speisekarte Kartoffelpuffer, Kartoffelsalat, Sauerbraten und Knödel, Rotkohl, Sauerkraut und Eisbein (was jeder Ami mit tödlicher Verachtung als typisch deutsches Mahl herunterwürgt), Bockwurst, Erbsensuppe und auch Kasslerrippchen (wobei nicht mal der letzte Teil des Wortes in dem Gericht wiederzufinden ist, aber wer merkt das schon?). Ich habe überhaupt das Gefühl, dass man den Leuten hier gebratenen Hund vorsetzen und ihnen sagen kann, das sei Forelle. Die Hauptsache ist, das Essen ist ausländisch.

Hörst du noch zu, lieber Simón? In den ersten Wochen und Monaten ist man noch von allem beeindruckt. Mit naiver Neugier geht man an alles ran, um die neuen Maßstäbe zu erlernen. Wie fern war jetzt schon meine kleine deutsche Stadt und wie lang der Weg, den ich noch gehen musste, um wirklich das Fürchten zu lernen!

Mein erstes amerikanisches Weihnachtsfest stand vor der Tür. Weihnachten ist eine Obsession für viele Amerikaner. In Michigan gibt es ein nachgemachtes bayrisches Dorf, in dem das ganze Jahr über Weihnachten ist. Dort kann man sich jederzeit an dem schönsten Kitsch erlaben. Weihnachten beginnt gleich nach Thanksgiving, was im Übrigen ein regelrechtes Fressfest ist. Wer einen künstlichen Baum auf demSpeicher hat, holt ihn jetzt herunter, montiert und schmückt ihn. Von dem Zeitpunkt an (das wäre die letzte Woche im November) erstrahlt er dann in seinem vollen Glanz. Selbst wenn man einen richtigen Tannenbaum wählt, wird er jetzt aufgestellt. Man will doch lange was davon haben. Es gibt natürlich auch ganz tolle Dekorationen, mit denen man sein Haus und seinen Garten verunstaltet.

Ich hatte meine Shoppingliste schon lange zusammengestellt. Jeder wurde mit einem Geschenk bedacht. Meine Überraschung war gewaltig, als ich am Heiligen Abend die Menge der Geschenke sah. Wir hatten Besuch. Die Familie von Frau Ross war aus Ohio gekommen. Da saßen wir nun im Wohnzimmer. Uns gegenüber lag ein Berg von Geschenken, die über einen Meter hoch aufgestapelt waren und fast die gesamte Breite des Zimmers ausfüllten. Wir begannen mit ein paar Drinks. Im Hintergrund dudelte „Jingle Bells" als Auftakt. Jeder durfte sich ein Geschenk abholen. Es ging immer der Reihe nach. Nicht mal um Mitternacht waren wir fertig mit der Bescherung.

In der Zwischenzeit begann der Alkohol seine Wirkung zu zeigen. Dr. Ross fing an zu sticheln und machte sich über die Geschenke lustig. Seine Schwiegermutter war nicht amüsiert über seine Bemerkungen. Ich weiß nicht genau, wie alles kam, aber plötzlich sprang Dr. Ross auf, stürzte sich auf seine nichts ahnende Schwiegermutter und riss ihr die Perücke vom Kopf. Da saß die arme Frau wie ein gerupftes Huhn, praktisch kahl und fiel hysterisch schluchzend in sich zusammen. Jetzt begann die wirkliche „Feier": Frau Ross ohrfeigte Dr. Ross, der laut lachend die Perücke wie einen Skalp über seinem Kopf schwang. Die Schwester der Betroffenen, die fast eine exakte Kopie der Trophäe auf ihrem Kopf trug, verbalisierte ihre lang aufgestaute Antipathie Dr. Ross gegenüber, indem sie ihn aufs Bitterste beschimpfte. Ihr Sohn, der ebenfalls einen Hang zum Alkoholismus hatte, woran er Jahre später auch starb, riss Dr. Ross die Perücke aus der Hand und katapultierte sie auf den riesigen Kronleuchter, wo sie dann hängen blieb. Ganz erbärmlich sah sie aus: Nichts war geblieben von dem toupierten Volumen. Frau Ross hängte ihrer Mutter eine Serviette über den kahlen Kopf und versuchte sie auf ihr Zimmer zu begleiten. Die Mutter wollte jedoch keine Sekunde länger in diesem Haus bleiben und schlug immer noch hysterisch um sich. Nur der Mann der Schwester sagte kein Wort, verzog keine Miene: Er blieb einfach sitzen und trank seinen Whiskey. Ich hätte schwören können, ich sah ihn schmunzeln. Natürlich war die Bescherung jetzt komplett. (Die Abendbescherung ist nur für die Erwachsenen. Die Kinder bekommen ihre Geschenke am Morgen.) Innerhalb weniger Minuten verzog sich jeder in sein Quartier (Dr. Ross musste unten schlafen), und eine fast gespenstische Ruhe befiel das Haus. Nie wieder habe ich die Stille der Heiligen Nacht so empfunden. Ich dachte an unsere Weihnachtsfeiern zu Hause, wo es einen Gabentisch gab und man noch die Weihnachtsgeschichte las. Es war alles so anders und ich wusste, dass Weihnachten für mich nie mehr dieselbe Bedeutung haben würde.

Und dann kam endlich das Ende der Highschool. Ich hatte alle Uni-Aufnahmeprüfungen mit Bravour bestanden und freute mich auf den neuen Lebensabschnitt.

1966: Beginn der Collegejahre und eine Verlobung

Liebste Mamy,

nein, ich entwickle mich keinesfalls zu einer Intelligenzbestie. Im Gegenteil: Im Augenblick bin ich so erbärmlich faul, dass ich nur Cs (also Dreien) bekomme. Diese Zensuren interessieren keinen Menschen mehr, denn die Uni ist mir sicher. Warum soll ich mich also mit Dingen abgeben, die ich sowieso nicht studieren werde? Meine Lehrer verstehen mich nicht mehr: Vielleicht denken sie, dass ich gleichgültig geworden bin, was ja auch stimmt. Da ich ein Mensch bin, der für klare Fronten ist, habe ich also einige meiner Lehrer darüber aufgeklärt, dass ich auf die Uni gehe und nicht mehr die Absicht habe, auf der High School auch nur noch einen Finger zu rühren. Ich bekomme die verschiedensten Reaktionen auf diese Offenbarung: Man lässt mich nicht „zu viel" arbeiten, drückt beide Augen zu und ist rundherum verständnisvoll, oder man tut genau das Gegenteil, was an mir aber abperlt wie bei der Ente das Wasser.

Ich würde gern mal ein Tonband in der Schule aufstellen, denn man müsste einmal dokumentieren, was hier so den Alltag ausmacht. Ein Pauker etwa kommt immer in die Klasse und singt Beatles-Schlager. Fragt ihn irgendein Mädchen etwas, sagt er: „Du kannst mich honey nennen", was so viel wie Liebling bedeutet. Natürlich soll das voll ironisch sein. Man kann dann aber wirklich zu ihm honey sagen, das gefällt mir sehr.

Wie man einen Pauker begrüßt, ist ein Kapitel für sich. Man legt den Arm um seine Schulter und sagt „Hi you guy", was ungefähr mit „Hallo, du alter Knabe" zu übersetzen wäre. Das kann man beliebig variieren, in Amerika ist das alles erlaubt. Es ist wirklich erstaunlich, denn auf der anderen Seite werden die Lehrer nicht so provozierend geärgert, und: Es wird NICHT geschummelt.

Kein Mensch würde das machen, was fast unglaublich ist. Die Einzigen, die „Informationen weitergeben", sind die ausländischen Schüler. Mir ist es doch glatt einmal passiert, dass ein amerikanischer Mitschüler, der neben mir saß und recht hilflos wirkte, auf eine von mir angebotene „Hilfeleistung" antwortete: „Kann sein, dass das richtig ist, was du sagst, aber ..." (und nun kommt's) „... ich will sehen, was ich selbst schaffen kann." Das hat mich doch nachdenklich gestimmt: Bin ich eine so durchtriebene und schlechte Natur oder hakt bei denen etwas? Ich bin dann zu der Erkenntnis gekommen, dass ich weder eine kriminelle Veranlagung habe noch ein Hypokrit bin. Jedoch muss ich gestehen, dass der amerikanische Einfluss auch bei mir greift, denn ich schummle selbst nicht mehr.
So beende ich meine High School mit einer guten Note.
Das wär's für heute; sei ganz lieb umarmt und geküsst,
Deine S.

Und dann ist da die Geschichte von meinem Fuß, die schon fast legendär geworden ist. Es begann alles Jahre zuvor, als ich mir etwas einfallen lassen musste, um einer Megafranzösischarbeit aus dem Weg zu gehen. Heute ist mir die ganze Geschichte peinlich, und sie geschah auch zu einem Zeitpunkt, wo alles in meinem Leben aus den Fugen fiel. Ich hatte mir ein kleines Stück Schlacke in den linken Fuß getreten, was nicht für ein ärztliches Attest gereicht hätte. Interessant wurde es erst, nachdem ich diese Stelle unter meinem Fuß mit einem Warzenentfernungsmittel bepinselte. Nach ein paar Tagen zeigte ich meiner Mutter den Fuß. Sie schickte mich zur Hausärztin, die wie immer keine Zeit hatte und mich zum Facharzt überwies – und das war der Anfang eines lästigen Fußproblems. Die Stelle wurde herausgeschnitten und heilte dann einfach nicht. Wochenlang lag ich im Krankenhaus, mit einem Mordsverband. Ein indischer Arzt behandelte die Wunde, die durch drei „Operationen"recht groß geworden war, mit einer Zuckerlösung, was die Wunde dann auch schloss. Doch mein Fuß tat seitdem immer weh und so kam es zu der absurden Situation, dass ich ihn in Ann Arbor operieren lassen musste, und das gerade zu dem Zeitpunkt, wo ich mit der Uni anfing – wochenlang musste ich mit Krücken umherhumpeln. Dann wurde das Bein auch noch eingegipst. Dadurch lernte ich viele Leute kennen und besonders viele Jungen, die meine Bücher tragen wollten oder sich auf meinem Gips verewigten. Jetzt begann mein Leben sehr hektisch zu werden. Ich ging auf viele Partys und Bälle, doch ich lernte es nie, mich bei solchen Angelegenheiten zu amüsieren. Für mich war das immer vergeudete Zeit, zumal ich einfach nicht die Kunst des Small Talks beherrschte.

Ein großes Thema waren damals die sogenannten UFOs, was ich meiner Mutter so beschrieb:

Viele Leute behaupten, dass sie jeden Abend fliegende Untertassen sehen. Es ist zum Brüllen komisch. Selbst ein sehr guter Freund von mir, der eigentlich sehr intelligent ist, will mir laufend weismachen, dass er auch eins dieser Dinger gesehen hat. Mehrere Bekannte an der Uni bestätigen mir das Gleiche. Habt Ihr in Europa schon davon gehört? Das Eigenartige ist, dass man diese Dinger nur in Michigan gesichtet hat. Wissenschaftler suchen krampfhaft nach Erklärungen und kein Mensch weiß, ob diese fliegenden Untertassen denn nun wirklich vom Mars sind. Das ist vielleicht eine Aufregung hier, nicht mal der Vietnamkrieg hat so viel Interesse geweckt! Das ist mir einfach unverständlich. Ich werde aber auf jeden Fall abends immer schön aufpassen, ob ich nicht vielleicht auch mal so ein Ding zu sehen bekomme.

Es wäre doch das Höchste, wenn mir mal ein Marsmensch zuwinken würde!

Ich glaube, das war wohl das erste Mal, dass ich, so nebenbei, den Krieg in Vietnam erwähnte. Innerhalb eines Jahres wurde er zum wichtigsten Ereignis meines Lebens.

Aber vorher machte ich noch meinen Führerschein, denn ohne Auto kommt man einfach nirgendwohin in den Staaten.

Dr. Ross stellte mir seinen VW Cabrio zur Verfügung. Und zwar ging das so: Er fuhr mit mir auf einen großen Schulparkplatz, der am Abend völlig leer war. Dort zeigte er mir, wie die Gänge funktionieren. Ich setzte mich daraufhin hinter das Steuer und probierte erst einmal das Schalten, wobei ich mit dem Fuß auf die Kupplung trat. Nach wenigen Minuten empfand er das als genügend Übung und zeigte mir, wie man den Motor anstellt. Am ersten Tag schaffte ich es, den Wagen ein paar Meter zu bewegen, ohne den Motor abzuwürgen. Wir wiederholten diese Übungen regelmäßig jeden Abend und nach einer Woche ging es schon ganz gut. Ich kurvte auf dem Parkplatz herum und gewöhnte mich ans Auto. In der zweiten Woche ging Dr. Ross dann für eine Stunde nach Hause (die Schule war praktisch auf der anderen Straßenseite), während ich allein meine Fahrübungen machte. Ich empfand, dass ich ein ausgesprochenes Talent fürs Fahren besaß und genoss meine täglichen Exkursionen. Zwischendurch bestand ich die theoretische Prüfung und bekam so ein „learner's permit", was bedeutete, dass ich im Beisein einer Person, die im Besitz eines Führerscheins und über 18 Jahre alt war, am Verkehr teilnehmen konnte. Jetzt kurvten Frau Ross, die Kinder (!) und ich stundenlang in Ann Arbor umher, bis ich mich richtig sicher fühlte. Am Tag vor meiner Fahrprüfung wollten wir noch eine letzte Probefahrt machen. Dr. Ross rief mir zu, den Wagen schon aus der Garage zu fahren, was ich auch tat, NUR war leider die Fahrertür leicht geöffnet, was ich nicht bemerkt hatte. Das war mein erstes „rückwärts aus der Garage"-Manöver und es ging voll daneben. Die Tür kollidierte mit der Garagentür, und anstatt sofort anzuhalten, fuhr ich im Zeitlupentempo weiter. Das Resultat war, dass der Wagen sofort in die Wertstatt musste. Dr. Ross wollte die Tür nicht mehr austauschen lassen, da er sich sowieso einen neuen Wagen kaufen wollte. So kam ich zu meinem ersten Auto.

Am nächsten Tag musste ich also zu meiner Fahrprüfung. Ich fuhr mit dem Wagen von Frau Ross dorthin, der allerdings ein Ford Variant mit Automatik war. Der Mann, der mich prüfen sollte, war mir vom Anfang an unsympathisch: Er war Mitte 50, mit Bierbauch und Doppelkinn und trug einen schwarzen Anzug, der zumindest eine Nummer zu klein war. Sein Hals war in ein knappes weißes Hemd gezwängt, das durch eine dünne, hässliche Krawatte oben zusammengehalten wurde, da der oberste Knopf sich nicht mehr schließen ließ. Er trug ein Papierklemmbrett in der Hand und marschierte schweißüberströmt auf mich zu. Er kommandierte wie ein Drill Sergeant: „Machen Sie die Haube auf! Ich will den Motor checken."

Da wusste ich sofort, dass er mich reinlegen wollte, denn der Motor eines Wagens war doch hinten! Er sah mich verdutzt an und bevor er noch etwas sagen konnte, hatte ich schon den Ford hinten geöffnet. Zu meinem Entsetzen fand ich nur einen Ersatzreifen, woraufhin er mich anschnauzte, ich solle gefälligst die Haube öffnen. Wie hätte ich wissen sollen, dass bei einem Ford der Motor vorne sitzt? Ich bekam ein ganz schlechtes Gefühl. Es kam noch besser. Er sagte, ich solle ich mich ins Auto setzen, er wolle meine Bremslichter kontrollieren. Ich warf den Motor an, legte den Rückwärtsgang ein und stoppte den Wagen einige Zentimeter vor seinem großen Zeh. Alles funktionierte prima. Ich drehte mich um und sah, wie der Prüfer blutrot anlief: Eine unheimliche Welle rollte von seinem dicken Hals durch sein Gesicht und stoppte unter dem kurzgeschorenen Haarschopf. Er begann ganz fürchterlich zu brüllen, dass ich niemals in den Vereinigten Staaten einen Führerschein bekommen würde und viele andere schlimme Sachen. Ich begann zu weinen und er stürmte in das Gebäude zurück.

Natürlich bekam ich zwei Wochen später noch mal eine Chance, die Prüfung zu machen. Dieses Mal kam ich mit „meinem" Wagen und alles ging gut. Der zweite Prüfer kam irgendwie steifbeinig aus dem Gebäude und setzte sich sehr defensiv in mein Auto. Er hielt sich krampfhaft an dem kleinen Griff fest, während er mich anwies, links oder rechts abzubiegen, anzuhalten, einzuparken, weiterzufahren, rückwärts-und vorwärtszufahren. Das ging ungefähr für eine Stunde so weiter, bis er fast euphorisch rief: „Sie können ja richtig gut fahren!"

In dem Augenblick versagte der Motor. Egal, was ich tat, er wollte nicht wieder anspringen, und das auf einer sehr belebten Kreuzung in der Innenstadt mitten in der rush hour. Ich werde die Sache kurzfassen: Das Ganze war eine demütigende Erfahrung, die mir im Nachhinein komisch vorkommt. Egal, ich bekam meinen Führerschein und begann zu fahren. Im Übrigen kostete es zu dem Zeitpunkt ungefähr $ 3.50, meinen VW vollzutanken.

Damals konnte ich auch für nur $ 150 pro Semester studieren. Ich begann als Freshman und musste alle Pflichtkurse belegen: zwei Kurse in Naturwissenschaften, zwei Sozialwissenschaften, Englisch, Speech, American Government (gut, dass ich die Verfassung schon gelesen hatte ...). Erst später konnte ich mich dann auf die Theaterwissenschaften konzentrieren. Mir gefiel die Uni vom ersten Tag an:

Die Uni ist dufte, wenn das Ganze auch eher Arbeit erfordert. Ich fühle mich hier mehr unter Gleichgesinnten als in der High School. Im Übrigen ist das hier ein wahnsinniges Völkergemisch: von Afrikanern bis zu Eskimos sind alle Farben, Rassen und Nationen vertreten. Ich bin ein wenig stolz darauf, dass ich es auf die Uni geschafft habe. Vielleicht wird doch mal was aus mir (gegen die Erwartung meiner deutschen Pauker). Allerdings muss ich mich ganz schön ranhalten, um alles mitzukriegen. Trotzdem ist es mir gelungen, die beste Englischarbeit zu schreiben. Die Professorin schrieb unter die Klausur, dass mein Englisch ganz „ungerman" wäre. Das war ein tolles Kompliment!

Der Au-pair-Job wurde mir langsam zu viel, denn ich war in die Familie voll eingebunden. Die Vormittage verbrachte ich an der Uni. Nachmittags betreute ich die Kinder, bis sie ins Bett gingen. Wir aßen abends immer spät, da Dr. Ross nie früh nach Hause kam. Vor dem Essen gab es zumindest eine Stunde Cocktails, meistens Martinis: 100 % Gin, einen Tropfen Wermut und eine Olive. Zum Essen gab es Wein und danach wurde ordentlich geraucht. Anschließend begann ich mit meinen Hausaufgaben, die zu erledigen oft bis spät in die Nacht dauerte. Manchmal habe ich mich spät nachts geduscht, angezogen und mich so auf mein Bett gelegt, ein paar Stunden geschlafen und bin dann um sieben Uhr wie gerädert aufgestanden. Das ging im ersten Semester gut, wurde jedoch langsam ein unerträglicher Zustand. Ich hatte Schwierigkeiten, einzuschlafen, und das aus einem guten Grund: Dr. Ross hatte mir auf meine Bitte hin „diet pills" besorgt, einen Riesenbehälter voll. Ich glaube, da waren so um die 1500 drin. Ich wollte unbedingt ein paar Pfund abnehmen und dachte, wenn man diese Pillen nimmt, wird man automatisch dünn. Was ich nicht wusste war, dass ich monatelang ein Aufputschmittel nahm. Kein Wunder, dass ich unwahrscheinlich aufnahmefähig war. Ich konnte seitenweise auswendig lernen, was auch mein Englisch immer mehr verbesserte. Jetzt wurde mein Vokabular so richtig gut. Bloß das mit dem Schlafen klappte nicht so. Ich erwähnte das einmal beim Abendbrot und bekam von Dr. Ross ein starkes Schlafmittel. (Um ehrlich zu sein, er hatte keine Ahnung, dass ich jeden Tag die „diet pills" einnahm!) Damit war mein Schlafproblem gelöst: Jeden Abend gegen Mitternacht nahm ich eine Schlaftablette, die mich in einer halben Stunde in einen totenähnlichen Schlaf versenkte. Einmal bin ich während eines späten Telefongesprächs eingeschlafen. Am nächsten Morgen wachte ich auf dem Hörer unter meinem Kopf auf. Komisch ist, dass ich mir niemals Gedanken über meinen Medikamentenmissbrauch gemacht habe. Vielleicht bin ich auch deshalb nie abhängig geworden. Die Pillen waren einfach ein Teil meines amerikanischen Lebens. Erst später, als ich mein erstes Kind erwartete, wurde ich mir des Ausmaßes bewusst. Als ich auf die Frage, ob ich regelmäßig Medikamente nähme, zugab, dass ich seit Jahren „diet pills" schluckte, reagierte der Gynäkologe mit Entsetzen und wollte, dass ich einer Entzugstherapie zustimmte. Ich tat es nicht, aber nahm seitdem diese Pillen nie wieder und habe auch keinerlei Entzugserscheinungen gehabt.

Zurück zu den ersten Collegeerfahrungen. Eines Tages lernte ich Skip kennen. Es war nicht Liebe auf den ersten Blick, zumindest nicht von meiner Seite. Irgendwann sprach er mich an. Ich fand ihn unattraktiv. Er war vielleicht 1,75 m groß, dünn, dunkelblond mit einem Reklame-Lächeln. Das Auffälligste an ihm war seine zeitgemäße Brille, die mir absurd groß erschien. Er war ein drahtiger kleiner Kerl, der einfach nicht lockerließ, bis ich endlich seine Einladung annahm, mit ihm auszugehen. Natürlich war er pünktlich und machte einen außerordentlich guten Eindruck auf meine Gastfamilie. Skip war einer von ihnen, sprach wie sie und beherrschte den Small Talk wie kein Zweiter. Er schien aus einer guten Familie zu kommen, studierte das Richtige (er wollte Ingenieur werden) und hinterließ einfach nur einen tollen Eindruck. Frau Ross erwähnte das später mehrmals.

Wir fuhren zu meiner ersten College-Party. Bisher war ich ausschließlich mit Ausländern zusammen gewesen:Türken, Griechen, Vietnamesen, Schweizern, Deutschen und verschiedenen Afrikanern, die alle in Michigan studierten. Einige wurden von ihren Regierungen gefördert, andere kamen nach Amerika, um ihren Regierungen zu entfliehen. Ich war nervös, denn schon lange war für mich die Rolle der Ausländerin ein Tedium geworden. Anfänglich hatte es Spaß gemacht, auf banale Fragen zu antworten, denn ich musste ja mein Englisch verbessern. In der Zwischenzeit beherrschte ich die Sprache und hätte mich über einen anregenden, interessanten Dialog gefreut. Was mich damals schon bestürzte, war die absolute Ignoranz in Bezug auf andere Kulturen, die der Durchschnittsbürger zeigte. Die Leute, die irgendeine Verbindung zu Deutschland hatten – und in Ann Arbor waren das viele – erdrückten mich mit ihrem Heimatgefühl, das letztendlich immer auf Schnitzel und Bratwurst hinauslief. Ich verabscheute diese Begegnungen, weil die Leute so viel mit Deutschland zu tun hatten wie ich mit Amerika.

Ich hoffte, dass man mich nicht ausfragen würde auf dieser Party. Ich wollte es bloß hinter mich bringen, denn Bock hatte ich nun wirklich nicht, mit Skip irgendetwas zuunternehmen. In der Studentenwohnung waren zehn Leute: die Mädchen saßen alle

auf einem Sofa und die Jungen standen, als Skip und ich dazu-
kamen. Es gab eine ungewöhnliche Begrüßung: viel Gekicher,
gefühlte Verlegenheit, ein Bier und Small Talk. Erst später wurde
mir erklärt, dass Skip mich ganz groß angekündigt hatte; seinen
Beschreibungen nach dachten die Mädchen, dass ich eine veritable Sexbombe wäre. So hatten sie sich alle Socken in die BHs
gestopft, als Begrüßung sozusagen. Gut für mich, dass ich keine
vollbusige Blonde war, so konnte ich später mit ihnen darüber
lachen. Ich lernte alle Mädchen im Lauf der Zeit gut kennen und
war mit keiner befreundet. Wir gingen an dem Abend aus und
lernten und beschnupperten uns alle gegenseitig.

Skip und ich hatten danach regelmäßige Verabredungen. Er
nahm mich zu allen möglichen Gelegenheiten mit und durch ihn
lernte ich viele Leute kennen. Mit der Zeit verliebte ich mich in
diesen Mann, der mir, zumindest was Energie angeht, gleich
war. Mit ihm hatte ich auch mein schönstes Fahrvergnügen,
meinen ersten Überlandtrip, von Ann Arbor nach Chicago. Wir
wollten seine Eltern besuchen, d. h., sie wollten mich langsam
mal kennenlernen. Es handelte sich also um ein Vorstellungsgespräch und ich wollte einen guten Eindruck machen. Skip und ich
hatten beide Endklausuren zu schreiben. Ich war einen Tag eher
fertig als er und deshalb bat er mich zu fahren. Skip hatte keinen
gewöhnlichen Wagen: Er fuhr einen Pontiac GTO, einen Achtzy-
linder, der im zweiten Gang 80 Meilen machte. Ich hatte Schwierigkeiten, mich an dieses Monster zu gewöhnen, aber man durfte
ja nicht schneller als 75 Meilen fahren wegen der Geschwindig-
keitsbegrenzung. Der Weg nach Chicago war lang genug, um
mich an den starken Motor zu gewöhnen. Skip hatte sich auf den
Rücksitz gelegt und schlief. Er hatte mir eingebläut, ihn in Gary,
Indiana, zu wecken, damit ich nicht durch Chicago zu fahren

brauchte. Als ich in Gary ankam und Skip so selig schlafen sah, fuhr ich weiter. Bevor ich wusste, was ich mit dieser Entscheidung angerichtet hatte, war ich schon im berüchtigten Chicago Loop. Auf einmal weitete sich der Expressway auf zehn Fahrbahnen aus. Um mich rum nur Riesenautos, wir mitten drin. Ich versuchte nach rechts rüberzurutschen – ging nicht. Mir wurde klar, dass ich diesem Verkehr nicht gewachsen war und schrie nach hinten, um Skip zu wecken. Er schnellte hoch, fluchte und schrie zurück, ich solle die Fahrbahn halten, immer geradeaus weiter fahren, mich nicht um Abfahrten, Ortsangaben oder sonstige Ausschilderungen zu kümmern. Ich schaffte es auch uns nach Evanston im Norden der Stadt zu fahren, wo er sich ans Steuer setzte und uns dorthin fuhr, wo seine Eltern wohnten, nämlich südwestlich von Chicago. Das war eine Feuertaufe, aber heute kann ich überall fahren, selbst in Paris.

Skips Eltern mochten mich, aber sie schienen nicht begeistert zu sein. Für sie war ich eine Exotin und sie konnten herzlich wenig mit mir anfangen. Ich fühlte mich irgendwie nicht willkommen und spürte diesen unsichtbaren Abstand, der zwischen uns lag. Trotzdem überraschte Skip mich einige Monate später mit einem Heiratsantrag. Er zog mir einen Diamantring über den linken Ringfinger und wir waren verlobt. Ich hatte da eigentlich gar keine Wahl, ließ es über mich ergehen, fühlte mich auch sehr geschmeichelt und redete mir ein, dass ich ihn heiraten wollte. Meine amerikanische Gastfamilie war begeistert und sagte mir, dass ich einen tollen Mann bekommen hätte.
Meine Mutter reagierte anders. Erst mal hatte sie etwas an dem Namen auszusetzen, denn in Deutschland sei Skip ein Waschmittel. Von da ab änderte sich die Beziehung zu meiner Mutter total. Ein Mann war in mein Leben getreten, dazu noch ein Ameri-

kaner, was man ja hätte erwarten können. Es bedeutete schlicht und einfach, dass die Mutter-Tochter-Beziehung jetzt auf einer anderen Basis stand. Ich begann enthusiastisch über unsere Hochzeitspläne zu schreiben:

Es ist alles so aufregend. Wir haben unsere Verlobung bekannt gegeben. Hier schaltet man eine Anzeige mit dem Foto der Braut, die in einem Begleittext das Wesentlichste über sie aussagt: Wo man wohnt/herkommt, Tochter des/der ..., Ausbildung, voraussichtliches Hochzeitsdatum und Zukunftspläne des Brautpaares. Ich habe mir auch schon Hochzeitskleider angesehen und mich entschieden, ein Kleid von Priscilla of Boston zu kaufen. Diese Firma hat auch das Kleid für die Tochter von Präsident Johnson gemacht – ist das nicht wahnsinnig? Es sieht wunderschön aus – ich wünschte, du könntest es sehen. Natürlich ist es sündhaft teuer - $ 650!! Wir werden wohl nächsten Mai heiraten. Skips Eltern stellen schon eine Liste der geladenen Gäste zusammen. Sie denken, es werden nicht mehr als 200 Leute sein. Ich mache mir nur Sorgen um die Kosten, denn die Eltern der Braut müssen ja das Hochzeitsessen bezahlen.

Meine Mutter reagierte empört und es entfachte sich ein handfester Streit. Natürlich wusste ich, dass wir das nie hätten bezahlen können und letztendlich kam es auch gar nicht so weit. Ich hatte nicht einmal einen „wedding shower" (eine Party, die für die Braut gegeben wird, wo sie mit Geschenken bedacht wird). Irgendwann begann der ganze Stress über diese Hochzeit an mir zu arbeiten. Ich fühlte mich unwohl in meiner Rolle als Braut. Skip und ich stritten uns immer öfter. Ich kam mir so wahnsinnig manipuliert vor und wollte einfach wieder ein normales Leben haben. Auf der einen Seite war da meine Mutter, die mich mit sarkastischen Briefen bombardierte, in denen sie schrieb, dass sich alle ihre Bekannten über unsere Hochzeitspläne lustig machten. Ich hätte wohl den Verstand verloren, was mit mir los wäre und wie ich mich verändert hätte – waren Standardsätze. Dann gab es noch meine amerikanische Gastfamilie, die wiederum begeistert von diesen Plänen war. Frau Ross nahm mich oft in Geschäfte mit, wo ich mir meine Haushaltssachen jetzt zusammenstellen sollte. Man registriert sich in einem guten Warenhaus und die geladenen Gäste kaufen dann die Gegenstände, die man sich ausgesucht hat. Ich weiß nicht, wie viele Wedgwood-Designs ich mir angeschaut habe, wie viele Gläser, Handtücher und Bestecke. Ich wollte das alles nicht. Das Ende dieser Beziehung hatte tragische Auswirkungen und veränderte mich für immer. Nach einem letzten, brutalen Streit über die Gästeliste sagten wir einander Dinge, die furchtbar im Raum standen und nicht mehr zurückzuholen waren. Skip hatte wohl verstanden, dass diese Hochzeit unüberlegt, übereilt und nicht wünschenswert war, denn seit der Verlobung am Michigan-See hatte sich unser freundschaftliches, liebenswertes Verhältnis total geändert. Kein anderer Junge konnte mich auf einer Party ansprechen, denn ich gehörte nur ihm. Ich konnte mich mit den Mädchen langweilen, während er mit seinen Kumpels eine tolle Zeit hatte. Ich habe die Frauenecke noch nie gemocht und geselle mich auf Feiern grundsätzlich zu den Männern.

Auf das tränenreiche Ende unserer Verlobung folgte ein Nervenzusammenbruch, der schon lange im Anmarsch war. Das geschah im Januar 1967. Als ob ich mich an Ausschnitte aus einem Film erinnere, sehe ich heute noch Szenen dieser grausamen Nacht. Ich spürte keinen Schmerz, nur unbändige Wut auf mich selbst. Ich wollte mir wehtun, aber ich konnte nichts mehr fühlen. Noch nie bin ich so allein gewesen. Es gab niemanden, mit dem ich hätte sprechen können. Alle meine Freunde waren keine, sie waren Leute, mit denen ich auf Partys ging. Niemand kannte mich wirklich, niemand verstand, was mit mir passierte. Irgendwann wurde der Überlebungstrieb stärker als das Selbstmitleid und ich griff zum Telefon.

Im Krankenhaus wachte ich wieder auf, Dr. Ross war an meiner Seite. Als Psychiater konnte er den behandelnden Arzt davon überzeugen, dass ich mit ihm zurück nach Hause durfte. (Ja, ich lebte noch immer bei Familie Ross.) Ich musste jedoch den Michigan Sanity Test machen und war dankbar dafür, dass man mich nicht in ein State Hospital bringen würde. Zu Hause sah es schlimm aus; Frau Ross war dabei, die weiße Auslegeware zu schrubben. Ich fühlte mich so miserabel wie noch nie, ich heulte die ganze Nacht, bis ich am Morgen erschöpft einschlief. Die ganze Sache war mir in den nächsten Tagen superpeinlich, denn ich musste eine Geschichte erfinden, die meine Verbände erklärte. Bis zum heutigen Tag verspüre ich dasselbe Gefühl. Damals hatte ich ein Tief erreicht, aus dem es nur noch aufwärts ging. Ich stürzte mich in meine Studien und versuchte so, das ganze Erlebnis durch Verdrängen hinter mich zu bringen. Sowie die Wunden geheilt waren, ging ich wieder auf Partys.

Es gab niemanden, der mich faszinierte, mit dem ich Spaß haben konnte, aber trotzdem lernte ich innerhalb weniger Wochen meinen ersten Mann John kennen. Er war weder aufregend noch sexy, versprühte auch keine großen Geistesblitze, aber er war sensibel. Er schenkte mir Aufmerksamkeit und ich fühlte mich wohl in seiner Gegenwart. Es ging auf das Ende des Frühjahrsemesters 1967 zu. Den Sommer würde ich bei meiner Mutter verbringen. Danach änderte sich alles.

1967 – 1973: Chaosjahre

Mein lieber Simón, ich werde jetzt mit einigen alten Lügen aufräumen, was mir schon lange am Herzen liegt. Ich habe mein Hochzeitsdatum immer ein paar Monate vorverlegt, damit die Geburt deines Onkels im Rahmen des Schicklichen war.
Es war eine andere Zeit. Alles um uns herum explodierte: Alte, lang etablierte Gesellschaftsordnungen wurden aus den Angeln gehoben, und doch lebte man mit den alten Maßstäben und Wertvorstellungen.
Ich hatte gerade gelernt, mit meinem Umfeld zurechtzukommen, und dann änderte sich alles. Der Vietnamkrieg veränderte uns alle.

Ich kam an einem Freitag im Juni 1967 zum ersten Mal nach Hause zurück. Alles war vertraut-fremd. Am nächsten Morgen musste ich gleich in die Stadt. Ich sah dieselben Menschen, die in die Geschäfte eilten, um schnell fürs Wochenende einzukaufen. Ladenschlusszeit war 13 Uhr. Danach war die Stadt wie ausgestorben. Meine Freunde waren alle ausgeflogen. Mutter und ich waren allein. Die ersten 48 Stunden gingen gut (das wurde unser Muster für die nächsten 30 Jahre) und dann begannen die Unstimmigkeiten. Es waren immer Lappalien, die uns polarisierten. Ich weiß heute, dass Mutter immer neidisch auf mich war, weil ich es geschafft hatte, mich abzusetzen und etwas aus mir zu machen. Sie hatte diese Chance nie wahrgenommen oder sie ganz einfach nie gehabt.
Und dann kam der erste Sonntag, wo wir beide vor dem Fernseher saßen und uns eine fürchterliche Schwarz-Weiß-

Direktübertragung aus Berlin ansahen. Wir hatten nichts Besseres zu tun und der Besuch des Schahs von Iran bot sich da an. Ungläubig sah ich mit eigenen Augen, dass die Polizei, hoch zu Ross, einfach nicht eingriff, als demonstrierende Zuschauer plötzlich von einer gut gekleideten Gruppe von augenscheinlichen Persern angegriffen wurden. Die Kameras liefen unerbittlich weiter. Erst Stunden später wurde mir klar, dass unsere biedere Neckermannwelt zu zerbrechen drohte. Riots in Watts, Detroit brannte inzwischen auch – und dazu dieser Vorfall in Berlin.

Meine Mutter schien sich Sorgen darüberzu machen, dass ich gleich um die Ecke von Detroit wohnte. Nur ein paar Wochen vorher waren wir noch auf der 10th Street gewesen. Wir fuhren öfters in die Gegend, weil es dort kultige Musikkneipen und das beste Barbecue outside of South Carolina gab. Motown Music war überall und wir hörten uns alles an: Marvin Gaye, Smokey Robinson, the Supremes, the Jackson Five, Stevie Wonder, the Four Tops, the Commodores and whoever came along.

Detroit war eine furchtbare Stadt, sogar damals, als es noch eine Innenstadt gab. Ein Freund von uns wurde einmal nach einem Leon-Russel-Konzert auf dem Weg zu seinem Wagen überfallen. Man stülpte ihm eine Jacke über den Kopf und schlug ihn zusammen, raubte ihn aus und ließ ihn auf der Straße liegen. Als er wieder zu sich kam, winkte er den nächsten Streifenwagen zu sich rüber und erzählte seine Geschichte. Die Polizisten sammelten in wenigen Minuten fünf Schwarze ein und sagten Frank, er solle den oder die Täter identifizieren. Frank protestierte und sagte, dass er niemanden habe sehen können, weil man ihm eine Jacke über den Kopf gezogen hätte. Daraufhin antwortete ein Polizist, dass er ja nun in einer prekären Lage sei, denn er müsse jetzt seinen Wagen zurück nach Hause fahren oder man würde ihn abschleppen lassen. Da er keinen Führerschein bei sich hätte, könnte er das aber nicht tun. Catch 22. Nach weiteren Protesten meines Freundes vereinbarten die Polizisten mit ihm, dass er einen Vorsprung von zehn Minuten erhalten würde um Wayne County zu verlassen. Sollte man ihn schnappen, ginge er in den Knast. Das ist Detroit.

Ich stand damals zwischen zwei Welten: Zu Hause war ich in Deutschland, in dieser biederen Beamtenstadt, die mich abstieß, aber ich wohnte in Ann Arbor, wo ich nicht zu Hause war. Ich wollte eigentlich nicht wieder zurück in die Staaten, aber meine Chancen, etwas aus mir zu machen, waren größer in Ann Arbor. Obwohl ich mir wie ein Steppenwolf in der Welt der Universität Michigan vorkam, gehörte ich doch irgendwie dazu. Nachdem ich mich noch einmal mit ein paar schicken Kleidern ausgestattet hatte (der Dollarkurs stand damals 4:1 – ich wünschte, das wäre heute noch so, dann könnte ich von meiner amerikanischen Rente leben), reiste ich mit Caledonia Airlines, die sonst nur zwischen Schottland und den Shetland-Inseln flog, in einem 14-stündigen Direktflug von London nach Detroit zurück. Alle Passagiere, die über 1,70 m waren, müssen einen permanenten Rückenschaden erlitten haben, denn die Sitze waren für Zwerge gemacht.

1967 wurde ich 21. In Ann Arbor gab es eine Kneipe, wo man grundsätzlich das Erwachsenwerden feiern musste: die Pretzel Bell. Bis zu diesem Zeitpunkt war es mir gesetzlich untersagt, öffentlich Alkohol zu konsumieren. Wie alle anderen auch hatte aber ich einen gefälschten Ausweis. Das ging dann so: Bemerkte der Türhüter: „Haarfarbe schwarz?" antwortete ich: „Habe mir die Haare gebleicht", auf die Frage: „1.52?" sagte ich etwas wie: „Ich bin gewachsen", und auf: „Braune Augen?" erwiderte ich:

„Schon jemals von japanischen Kontaktlinsen gehört?" Mit der Anweisung, mich in die entfernteste Ecke zu verkriechen und keinen Quatsch zu machen, wurde ich in neun von zehn Fällen reingelassen.

An meinem Geburtstag durfte ich dann offiziell rein. Der Ritus war, dass man im Laufe es Abends 21 Glas Bier (aus 0,3-l-Gläsern, die aber nicht ganz gefüllt wurden) am Tisch trinken musste, wonach eine Glocke geläutet wurde, das Geburtstagskind sich auf den Tisch stellen und so viel Bier wie möglich runterkippen musste. Ich schaffte noch drei weitere, der Junge neben mir nicht ganz eins. Als Souvenir erhielt man eine Papierglocke in den Farben der Uni, gelb mit blauer Schrift. Die Leute, die mit einem „gefeiert" hatten, schrieben dann einen Spruch auf diese Glocke. Die Hälfte der Anwesenden schrieb etwas Nazibezügliches: Ich sei ein cooles Fräulein aus Auschwitzland, oder: Man hasse alle Deutschen, bloß ich sei eine Ausnahme, oder: Ich sähe aus wie jemand aus einer Nazipropaganda. Ich habe das erst Jahre später richtig gelesen, an dem Abend ging gar nichts mehr. John fuhr mich nach Hause. Erst nach fünf Minuten Fahrt merkte ich, dass mein Fuß in der Wagentür eingeklemmt war. Aber ich war am nächsten Morgen um 8 Uhr in meiner Vorlesung.

1967 brannten nicht nur die Ghettos, sondern wurden wir alle in den Vietnamkrieg reingezogen. Ich hatte mich schon lange daran gewöhnt, entsetzliche Kriegsreportagen vom Vortag abends im Fernsehen zu sehen. Viele meiner Bekannten mussten zur Musterung und einige wurden auch eingezogen. Viele dachten sich Tricks aus, um als untauglich auszuscheiden. Einer meiner Freunde, der von Natur aus schon sehr dünn war, hungerte sich auf ein absolutes Minimum herunter. So konnte er sich über einige Monate retten. Während dieser Zeit übte er, den Augentest zu manipulieren. Das war sehr schwer, aber er schaffte es, die Resultate so zu kontrollieren, dass er praktisch als blind eingestuft werden musste. Die Prüfer wussten, dass er den Apparat manipulierte. Man musste anscheinend auf einen Knopf drücken, wenn zwei gegebene Linien sich trafen. Er schaffte es, jedes Mal dieselbe Abweichung einzuhalten und konnte sich so von der Einberufung befreien. Ende August gab Präsident Johnson dann eine Deadline, um die Einberufung zu verschieben: Wer bis zum 31. August verheiratet war, musste nicht nach Vietnam, da er die Frau/Familie unterstützte. Unzählige Ehen wurden geschlossen und ich habe immer erzählt, dass John und ich auch aus diesem Grund im August geheiratet haben. Wir haben allerdings erst im Dezember geheiratet, und das nur, weil ich im Oktober, am „home-coming"-Wochenende schwanger wurde. John und ich hatten nur dieses eine Mal miteinander geschlafen. Ich spürte sofort, dass etwas nicht stimmte, und nach fünf Wochen beichtete ich Frau Ross alles. Dr. Ross ließ sofort einen Schwangerschaftstest machen, er war positiv. Ich war in einer furchtbaren Situation, aber Dr. Ross versicherte mir, dass er mir helfen würde. Ich bräuchte nicht nach Schweden zu fliegen, er würde das diskret durch einen Kollegen machen lassen. Eine „D and C", „dusting and cleaning", eine Gebärmutterausschabung würde sofort veranlasst werden und kein Mensch würde merken, dass ich je schwanger war. Ich wollte vorher noch John informieren, war mir seiner Reaktion sicher. Zu meiner totalen Überraschung reagierte er völlig anders.

Natürlich wurde er sichtbar bleich, hatte anfänglich Schwierigkeiten, einen Satz zusammenzubringen, doch dann sagte er: „Würdest du mich heiraten? Du brauchst absolut nicht zuzustimmen, aber ich würde mich freuen, wenn du es tätest." Ich dachte nicht lange nach und John und ich waren plötzlich ein Paar. Frau Ross versuchte mich noch umzustimmen, aber ich fand es einfach wunderbar, dass John nicht versucht hatte, sich aus der Verantwortung zu stehlen, sondern dass er zu mir stand. Das war mein Mann.

Erst jetzt lernte ich meine Schwiegermutter Sandy kennen: Baujahr 1902, Sozialkundelehrerin (mit MA von der Columbia University, was für ihre Generation eine unwahrscheinliche Leistung war) und nicht sehr deutschbegeistert. Sandy war das zweite von zehn Kindern. Sie wuchs auf dem Land, auf einer Farm im Süden Michigans auf, nahe der Grenze zu Indiana. Mit 16 übernahm sie die Dorfschule, die aus einem großen Raum bestand, in der sie Klassen 1 bis 9 unterrichtete. Sie war die Lehrerin von fünf ihrer Geschwister. Unter denen waren auch zwei Brüder, die im ersten Weltkrieg nach Deutschland mussten, um „gegen die Hunnen" zu kämpfen. Deren Briefe von der Front haben Sandys Deutschlandbild geprägt. Sie war vor allen Dingen davon überzeugt, dass Deutsch eine unmöglich schwere Sprache war, die kein Ausländer erlernen konnte. Die Hitlerjahre hinterließen einen weiteren bitteren Nachgeschmack, was ich gut verstehen konnte. Plötzlich trat dann ich in ihr Leben ein. Ihre Begeisterung hielt sich in Grenzen, aber sie behandelte mich fair und freundlich. Wenige Wochen später wurde ich Johns Frau und Sandys Schwiegertochter.

Wir heirateten in der neutralen Unitarian Church, die mehr ein Social Club als eine Kirche ist. Der Pfarrer, der uns traute, war aktiver Kriegsgegner und wurde in der darauffolgenden Woche verhaftet, weil er Einberufungsbescheide öffentlich mit Kriegsverweigerern verbrannt hatte.

Nach unserer Hochzeit fuhren John und ich in den nächsten Ort, um dort das Wochenende zum ersten Mal gemeinsam zu verbringen.

An einer Ampel sagte John: „Ich weiß, dass wir nicht ineinander verliebt sind, aber vielleicht kommt das noch." Das war kein besonders romantischer Auftakt zu unserem gemeinsamen Leben!

Am Montag waren wir beide zurück in der Uni, um unsere Endklausuren für das Wintersemester zu schreiben. Das Jahr endete mit großer Ungewissheit und heimlicher Vorfreude auf unser ungeplantes Kind.

Etwas Wesentliches muss ich diesem Jahr noch hinzufügen: Die Musikszene begann richtig interessant zu werden. Unsere Lieblingsmusik in diesem Jahr war „Sgt. Pepper's Lonely Hearts Club Band", die für viele beim ersten heimlichen Kiffen im Hintergrund gespielt wurde.

Wir begannen unser Leben zusammen in einem Apartment in Ann Arbor. John brauchte noch ein Semester für seinen MBA. Er bekam sofort einen Job bei Ford als Management-Trainee. Damit hatten wir genügend Geld zum Leben. Scott wurde im Juli geboren, kurz danach überließ Sandy uns ihr Haus und zog nach Detroit in eine Seniorenanlage. Wir waren die Einzigen unter unseren Freunden, die ein Haus besaßen, und wurden so der Mittelpunkt der einheimischen Hippieszene. Zwischen '67 und '68 begannen wir uns zu verändern. John hatte noch einigermaßen kurze Haare, aber dann wurden seine Koteletten immer länger. Allmählich gesellte sich ein Schnurrbart hinzu, der dann langsam um den ganzen Mund herum wuchs. Als der Prozess komplett war, hatte John seine Stelle bei Ford schon gekündigt. Die Nachbarn sahen eine endlose Besucherschar, die zum Teil aus bizarr gekleideten Leuten bestand. Buntbemalte Autos standen regelmäßig vor unserem Haus und wilde, psychedelische Musik dröhnte an den Wochenenden aus unserem Keller. Wir hatten schon lange Marihuana, Haschisch, LSD, Meskalinblüten, Beruhigungsmittel und Lachgas entdeckt. Es gab Love-ins und Partys ad infinitum. Sonntags gingen John und ich in den Park, um mit Bob Seeger gegen die Regierung zu rocken. Wir machten mit bei Demos, hörten uns Jane Fondas Rede über die Lage in Nordvietnam an, wurden von FBI und CIA fotografiert, viele von uns auch verhaftet, dann sofort wieder freigelassen, weil nicht mehr als 200 Menschen ins Gefängnis passten. Und überall wurde Marihuana geraucht, bis Ann Arbor schließlich eine Verordnung verabschiedete, die dessen Konsum nicht mehr kriminalisierte, sondern wie ein kleines Verkehrsdelikt mit einer Strafe von fünf Dollar ahndete. Ich glaube, bis heute gibt es ein jährliches „Hashin", deren älteste Teilnehmer an die 80 sein dürften. Keiner von uns war ein Junkie, keiner lief den ganzen Tag bekifft herum. Wir tranken nichts, wir kifften.

Doch dann wurde Nixon Präsident (der Gegenkandidat, Hubert Humphrey, war für mich keine Alternative), der Krieg eskalierte, die Proteste waren ein Teil des täglichen Lebens geworden. Martin Luther King und Robert Kennedy wurden ermordet. It was the worst of times – schlimmer hätte es kaum kommen können. Alles war aus den Fugen geraten. Megarockkonzerte waren attraktiv für uns, weil man sich unter Gleichgesinnten befand. Ich spürte eine deutliche Kluft zwischen der etablierten Gesellschaft und uns. Wir waren anders: Wir wollten Änderungen in der Gesellschaft sehen.
Ich machte damals ein Praktikum an einer High School:

Es ist mir schon seit langem klar, dass unsere westliche Gesellschaft im Untergang begriffen ist.

Das spiegelt sich deutlich im Mikrokosmos einer einzigen Schule wider. Hier hat man es mit einem Kleinstaat jugendlicher Durchschnittsbürger zu tun. Innerhalb von zwölf Wochen gab es einen ernsthaften Aufstand, mindestens zehn schwere Schlägereien, bei manchen gab es Tote. Ich kann diese Erfahrung, zusammengeschlagen zu werden, nicht nachvollziehen, aber Entsetzen, Angst und Trauer lähmen die ganze Schule. Manchmal ging ich zu meinen Klassen und wurde mit Polizisten konfrontiert, die mit Helmen und Knüppeln ausgestattet waren. Ein widerwärtiges Gefühl befällt mich beim Anblick einer Uniform mit einem Menschen drinnen.

Das ist Amerika heute: Menschenmassen, die verrückt werden unter einem System, das aus Lügen, Heuchelei, Machtgier und Unterdrückung besteht. Nixon versucht ungeschickt, sich das Image eines friedliebenden, respektablen, vertrauenswürdigen, ehrlichen, rechtschaffenen Caesars zu geben – das kann nicht gut gehen. Ich hoffe, dass man das auch in den anderen westlichen Ländern richtig einschätzt: dass das heilige Weiße Haus von gut ausgebildeten Gaunern regiert wird. Nixon hielt neulich eine Ansprache, die so widerlich und billig war, dass man aus reiner Opposition Marxist werden müsste. Der amerikanische Traum ist ausgeträumt. Ich bin immer noch erstaunt darüber, dass ich ausgerechnet hier sein muss. Hätte ich nicht nach Südamerika gehen können? (Akademische Frage; ich kannte niemanden dort.) Nun lebe ich hier und sehe mir an, wie meine Umwelt auseinanderfällt. Nichts ist sicher außer der Vergangenheit.

Die Kriminalitätsrate ist so hoch, dass ich mich abends nicht mal im Wagen auf die Straße wage. (Das ist meine persönliche, neu-

rotische Empfindung.) Diebstähle und Vergewaltigungen sind einfach ein Teil des Ganzen. Die Mittelklasse ist bis über beide Ohren finanziell in das System eingebunden und kann sich nicht bewegen. Das wird als Bagatelle abgetan. Nur die Geldaristokraten, die Reichen, haben es leicht und nutzen ihre Vorrangsposition aus. Für diese Menschen bedeutet Erfolg: Geld und Besitztümer. Dieser Zustand ist unerträglich – wir brauchen eine neue Gesellschaftsordnung.

Ich kann in diesem Land nicht mit gutem Gewissen für den Rest meines Lebens bleiben, außer wenn ich Revolutionär würde. Und das hieße kämpfen. Ich kann nicht für dieses Land kämpfen.

In der Zwischenzeit hatte meine Mutter uns besucht. Sie erkannte mich nicht wieder und dachte, dass ich versumpfe. Ich war schon lange nicht mehr die gutbürgerliche Tochter, mit der sie sich identifizieren konnte. Zwischen uns lagen Welten und immer wieder kam das Gespräch auf ihre Zeit im Dritten Reich. Ich wollte sie verstehen können und versuchte sie zu befragen, bekam aber nie Antworten. Mein Vater hatte niemals über diese Zeit geredet, für die ich im Ausland geradestehen musste. Ich begann also zu lesen, mich zu informieren, um mitreden zu können. Langsam begann ich zu verstehen, dass die Generation meiner Eltern nur schwer mit dem Hitlererbe umgehen konnte. Meine Mutter gehörte zu den Menschen, die sich immer noch als Sieger sahen und den Untergang ihrer Lebensanschauung einfach nicht akzeptieren konnten.

Meine Eltern waren keine „Nazis", die sich als Superrasse verstanden. Meine Mutter glaubte bis ans Ende ihres Lebens aber auch nicht, dass Deutsche so perfekt gemordet haben. Das schob sie immer den Russen zu. Sie hat auch nie verstanden, dass es schließlich Deutschland war, das für all das unsägliche

Leid verantwortlich war. Ich habe diese Haltung nie begreifen können. Wir hatten Diskussionen über das Dritte Reich, die unergiebig und für mich unehrlich waren. Mein Deutschlandbild änderte sich dementsprechend. Jedes Mal, wenn ich zurückkam, fühlte ich mich unter älteren Menschen unwohl. Das Gefühl war gegenseitig. Meine Mutter und ich haben nie mehr wirklich zueinander gefunden.

Nach Nixons Amtsantritt wurde alles noch schlimmer. Die Konjunktur boomte, denn jetzt wurde voll aufgerüstet. Man konnte nur ahnen, was nach dem Krieg passieren würde: ein massiver Wirtschaftsabsturz – ich erinnere mich, dass der DOW Jones in den Siebzigern einmal unter 800 Punkte fiel. Alle Wahlversprechen waren reine Lügen. Anstatt den Krieg zu beenden, eskalierte das Pentagon die Militärangriffe. Was Napalm und Agent Orange waren, musste uns erst mal erklärt werden. Als das innerhalb einer Chemievorlesung an der Universität Michigan geschah, wurde der Professor prompt entlassen. Ann Arbor war nicht Berkeley, aber jetzt wurde erst richtig protestiert. Studenten gruben große Krater in den Rasen vor verschiedenen Gebäuden, um Passanten eine Vorstellung davon zu geben, wie es in Vietnam nach einer Bombardierung aussah.
Immer öfter kamen Regierungswagen nach Ann Arbor. Sie waren so lächerlich auffällig: Alle fuhren den gleichen Ford, jeder Wagen hatte die gleiche Farbe und die FBI-Leute waren die Einzigen, die eine Krawatte zu den Demos trugen. Wann immer sie eine Kamera auf uns richteten, stellte sich jemand demonstrativ vor die Linse. Viele junge Leute legten sich mit den Bundespolizisten an, beschimpften sie, stellten sich vor sie oder hielten ihre Hände vor die Kameras. Kaum jemand konnte verhaftet werden, denn die Menge war zu groß und solidarisch. Das Gleiche pas-

sierte auch bei Rockkonzerten. Wenn die Elektrizität gekappt wurde, rollte Bob Seeger seinen Generator raus und rockte weiter.

Jedoch nicht alle Studenten waren Kriegsgegner. Es bestand eine tiefe Kluft zwischen uns, die sich bis heute noch nicht geschlossen hat. Aber während die Vietnamkriegbefürworter bis heute ihre Meinung aktiv und oft auch aggressiv vertreten, sind die meisten Kriegsgegner ein Teil des Establishments geworden. Während des Golfkriegs ging kaum noch jemand aus meiner Generation auf die Straße. Ein aktives politisches Engagement, das nicht den Richtlinien der gerade regierenden Partei (Demokraten oder Republikaner) entspricht, ist in den Staaten unerwünscht; ich würde sogar sagen, es ist unamerikanisch, gegen die Regierung zu demonstrieren. Der bedingungslose Glaube an die eigene Regierung wird von klein auf sorgfältig kultiviert. Patriotismus steht in Amerika mit im Curriculum einer jeden Schule: „the pledge of allegiance" (der Treueeid) wird täglich rezitiert, die Nationalhymne wird bei jeder Gelegenheit vielfältig vorgetragen, die Fahnen sind in den Gebäuden und an vielen Revers sichtbar. Man lernt nicht, über seine eigene Geschichte nachzudenken, sondern jegliche gegebene Version blind zu akzeptieren. Amerika hat eine Vorrangstellung in der Welt und die Regierung handelt immer im Interesse Amerikas, was automatisch gut ist. Das klingt alles simpel, aber genau so läuft das. Man spricht über Politik schon als Wähler einer der beiden Parteien und vertritt so die dadurch vorgegebene Ideologie. Selbst wenn der Wähler im Grunde genommen nicht z. B. mit dem Irakkrieg einverstanden war, würde er immer seinen Präsidenten unterstützen, auch den der anderen Partei. In solchen Fällen hält man zusammen.

Genau das war anders in den End-Sechzigern: Die Hippies waren ikonoklastisch, bilderstürmerisch, und wollten alles entlarven. Das konnte die Nixon-Regierung auf keinen Fall tolerieren und so ging man härter mit uns um. Als vier Demonstranten in der Kent State University in Ohio von Soldaten der National Guard ermordet wurden, herrschte blankes Entsetzen. Um diesen Zeitpunkt herum bekam ich unser zweites Kind. Dieses Mal war es ein Mädchen, Nicole.

Seit der ersten Schwangerschaft litt ich unter einer Essstörung. Ich hatte sehr viel Gewicht zugenommen, mit dem ich nicht leben wollte. Ich hörte einfach auf zu essen und trank den ganzen Tag Tee. Bald entdeckte ich die Bulimie. Twiggy war damals *die* Stilikone und ich wollte als Hippie genau so dünn aussehen. Während der zweiten Schwangerschaft nahm ich dann nur noch 10 Pfund zu. Ich weiß ehrlich gesagt nicht, wie ich mich von der Anorexia Nervosa befreit habe, aber irgendwann war es dann endlich vorbei. Ich sehe mich zwar immer noch als „fett" an, habe mich jedoch daran gewöhnt, dass das eine neurotische Wahrnehmung ist.

Obwohl wir zwei Kinder in die Welt gesetzt haben, sind John und ich nie wirklich glücklich miteinander geworden. Wir verstanden uns immer gut, aber ich beklagte mich einmal in einem Brief, dass unsere Beziehung zueinander gefühlsmäßig von Mittelmäßigkeit durchwoben sei und dass ich es nicht als wünschenswert empfinden konnte, mein Leben so zu vergeuden. Wir drohten vor oder an Gleichgültigkeit zu sterben. Da musste mehr sein.

Als Watergate in den Zeitungen auftauchte, schien es sich zunächst um eine unwesentliche Washington-Geschichte zu handeln. Je mehr ans Tageslicht kam, desto sicherer wurden wir alle, dass Tricky Dicks Tage gezählt waren – wie auch die Tage unserer Ehe.

Ich ging wieder zurück in die Uni, um endlich meinen Bachelor zu machen. Wegen der Kinder konnte ich mich nur seminarweise dem Abschluss nähern. Die Uni machte mir jetzt noch mehr Spaß als früher. Ich war zwar ein paar Jahre älter als meine typischen Kommilitonen, aber ich war sicherer als sie. Ich war total motiviert, etwas aus mir zu machen. Die Zeit mit meinen Kindern war schön, aber nicht erfüllend. Der Kontakt zu anderen Müttern war uninteressant für mich. So sehr ich auch versuchte, mich an den „American way of life" zu gewöhnen, es klappte von Anfang an nicht. Ich habe wirklich versucht mitzumachen, mich anzupassen, aber es war einfach nicht das, was ich vom Leben wollte. Es war ein Horror, mit meinen amerikanischen „Freundinnen" zusammenzusitzen. Vor uns spielten die Kinder und wir tauschten Erfahrungen aus. Ob es ein Rezept war oder eine Anekdote aus dem Eheleben oder ein Einkaufserlebnis – ich konnte niemals richtig mitreden. Da war immer eine Wand zwischen uns, die mich isolierte. Ich sah wie sie aus, ich konnte wie sie reden, aber ich war Ausländerin, die Außenseiterin, die niemand ernst nimmt, die man belächelt, die nichts weiß. Das ist ein ähnliches Gefühl wie die nicht akzeptierte Schülerin eines Mädchen-Gymnasiums in den 50-ern zu sein. Ich habe beides überlebt. Schließlich hat dieses Milieu mich beflügelt, über meinen Schatten zu springen und das aus mir rauszuholen, was mir alle nicht zutrauten: Ich kann etwas leisten. Von jetzt an studierte ich diszipliniert. Ich hatte Erfolg und es machte Spaß. Theaterwissenschaften und Literatur haben mich immer interessiert und so begann ein recht ausgedehntes Studium. Um sicher zu sein, dass ich mit dieser Ausbildung auch etwas machen könnte, entschloss ich mich, zudem einen Pädagogikabschluss zu machen. Dieser

Entschluss hat es mir mein Leben lang ermöglicht, mich und meine Partner zu unterhalten.

1973: Eklat

Man kann nicht an Dingen festhalten, die einem schaden. Die Erkenntnis, dass eine Beziehung schädlich ist oder einen daran hindert, sich weiterzuentwickeln, kommt nicht über Nacht. Den Mut dazu zu haben, kostet viel Selbstüberwindung. Aber wenn der Zeitpunkt da ist, so wirst du es wissen und dann darfst du dich dem Neuen auch nicht verweigern, Simón.

Der Kontakt mit meiner Familie ist in meinen Briefen festgehalten, die meine Mutter preußisch korrekt in einer wenn auch sympathisch wild aussehenden Mappe aufbewahrt hat. Ich kann es kaum ertragen, mir Teile dieser Korrespondenz anzusehen. Um 1973 kam es zu einem Eklat:

Liebe Mutter,
ich gebe auf. Seit Jahren kenne ich euch nicht mehr. Ich weiß nur, dass es mir zum Hals raushängt, von euch laufend mein Ego destabilisieren zu lassen. Seit Jahren verursacht mir das Komplexe, die mich an den Rand des Wahnsinns treiben. Seit ein paar Wochen bin ich in Therapie. Viele Dinge, die seit meinem 14. Lebensjahr im Unterbewusstsein lagen und viel mit Dir zu tun haben, Mutter, kommen langsam ans Tageslicht. Ich versuche stärker zu werden. Es ist ein langsamer, schmerzvoller Prozess und ich taste mich dahin mich so zu akzeptieren, wie ich

bin. Mein Leben bisher ist oft unglücklich und bedingt durch meine Emigration einsam gewesen. Oft habe ich krasse Fehler begangen, weil ich provoziert wurde, und ich glaube nicht, dass mein ungestümes Temperament sich über Nacht ändern wird. Was sich jedoch entscheidend ändern muss, ist meine Einstellung mir selbst gegenüber. Jeder Brief, jede Zeile, jede Ansichtskarte aus irgendeinem Jumbojet, von Europas „Fun"-Plätzen oder den Palmenstränden von wer weiß wo haben eine negative Wirkung auf mich, denn ich kenne den Absender einfach nicht mehr. Meistens lese ich nur recht absurde Information und versuche dann auszuklügeln, was wohl drüben vor sich geht. Ein leeres Gefühl befällt mich. Genauso absurd müssen meine egozentrischen Briefe für euch klingen. Ich habe die Sucht, mich irgendwie mitzuteilen. Ich versuche das immer auf einem sehr elementaren Niveau zu tun, damit man versteht, und selbst dann habe ich das (bestätigte) Gefühl, dass man mir nicht folgen kann. Alles, was ich von euch erhalte, sind bitterböse, kritische Briefe, nie ein warmes Wort, nie ein Zeichen einer Zuneigung. Ich bin anders als ihr, folge nicht den Normen und Wertsystemen wie ihr, sondern versuche mich selbst zu definieren. Ich kann meine Vergangenheit nicht loswerden. Sie haftet an mir und zieht mich in ein tiefes Loch. Ich muss lernen, mit ihr zu leben. Amerika war ein grausames Erwachen für mich. Ich habe mich immer gestrandet gefühlt, niemals „zu Hause", aber dann habe ich auch nie eine gute Vergleichsbasis gehabt. Ich möchte hier nicht bleiben, habe es auch nie gewollt. Aber ich lebe für meine Kinder, die ich bedingungslos liebe – sie sind der Sinn meines Lebens.

Ich fühle mich nicht wohl dabei, euch meine innersten Gefühle zu beschreiben. Wie kann ich mich euch beiden nur verständlich machen?

Alles war anders gekommen, als ich es mir ausgemalt hatte. Meine Entscheidung nach Amerika zu gehen war dadurch entstanden, dass mein Vater 1964 plötzlich kurz vor Weihnachten verstarb. Als ich unseren Briefbekannten in Detroit eine Anzeige schicken wollte, kam mir urplötzlich die Idee auszuwandern. Das bedeutete ganz einfach: raus aus dieser grauen Stadt, weg von dieser Schule, der ich mich nicht beugen wollte, und weg von meiner frisch verwitweten Mutter, deren Gesellschafterin ich nicht werden wollte. John zu heiraten war genauso schwachsinnig, aber die Schwangerschaft war das, was uns zusammenschweißte. Sieben Jahre später beschlossen wir, ein paar Monate getrennt voneinander zu verbringen. Ich fühlte mich sehr emanzipiert und doch sehr unsicher. John war nicht so begeistert von der Trennung, für ihn war die Lage genau so heikel. Er hatte seine Stelle bei Ford nicht mehr und wollte sich noch mal auf die Uni begeben, um Pädagogik zu studieren. Unsere Generation neigte sehr dazu, zu unterrichten – es ist schon auffallend, wie viele von meinen Bekannten Lehrer geworden sind (und wie viele von denen nie mit dieser Entscheidung glücklich geworden sind und meiner Meinung nach mehr Schaden angerichtet haben als Gutes zu tun). John nahm sich jedoch noch eine Auszeit und ging mit einigen Freunden nach Mexico. Als er das Haus verließ, zerbrach etwas in mir. Ich habe ihn nie geliebt, aber er war für eine Zeit mein Anker. Er wusste auch intuitiv, dass ich mich von ihm löste. Wir entwickelten uns anders: Ich war polemisch und exzentrisch, er war pragmatisch und nicht sehr neugierig. Unser Sexleben war sozusagen zum Erliegen gekommen...

Und dann kam Bewegung in mein Leben. Der Anfang dieser Beziehung war lustig: Irgendwann im November begegnete ich

José, den ich vom Sehen aus meiner Nachbarschaft kannte, im Supermarkt.

Er fragte mich, ob ich wüsste, wo er „bulbs" finden könnte. Ich erwiderte, dass es zu spät sei, sie zu kaufen, weil man sie spätestens im Oktober pflanzt. Ungläubig sah er mich an, bedankte sich und ging seines Weges. Minuten später lief er an mir vorbei, in seiner Hand eine Glühbirne schwenkend, und ging zur Kasse. Ich hätte im Boden versinken können. Hier die Erklärung: Das Wort „bulb" hat zwei Bedeutungen: Glühbirne und Pflanzenzwiebel, wie Tulpe, Narzisse etc. In Michigan konnte man zu dem Zeitpunkt seine Glühbirnen beim Energieversorger umsonst umtauschen, wenn man seine Abrechnung vorlegte. ... Peinlich an der ganzen Sache war auch, dass dieser Nachbar, José, ein bekannter Professor war, dem ich dann und wann an der Uni begegnete, weil unsere Abteilungen in demselben Gebäude untergebracht waren. Ich wusste weiter nichts über José als Nachbarn, weil er nie sichtbar war. Ich kannte seine Frau und seine Kinder.

Irgendwann merkte ich, dass dieser Mensch mich Tag und Nacht verfolgte. Ich empfand es nicht als angenehm und versuchte, ihm aus dem Weg zu gehen. Egal was ich tat, er fand mich immer: vor einem Seminarzimmer, auf einem Korridor, in den Katakomben eines Gebäudes – er tauchte ständig auf und bot mir Sachen wie Coca Cola (die ich nie trank), Schokoriegel, Kekse und Schokolade an. Ich versuchte mit allen Mitteln ihn abzuschütteln, mich zu verstecken und ihm aus dem Weg zu gehen. Ich hatte gerade als Lehrbeauftragte an der Universität Michigan begonnen. Mein Büro teilte ich mit einer Studentin aus Wien. Am Tag unserer Inbesitznahme des Büros klopfte José an die Tür. Ich spürte, dass er es war. Ich bat meine mir noch unbekannte Kollegin, bitte für mich zu lügen, ihm zu sagen, dass ich nicht da sei. Sie tat es, er gab ihr einen Strauß für mich und ich musste Dagmar erst mal erklären, worum es ging. José ließ nicht locker. Wochenlang belagerte er mein Büro, bis ich endlich mit ihm einen Kaffee trinken ging.

Ich kann es mir bis heute nicht erklären, aber binnen kürzester Zeit wurden wir beide ein Liebespaar. José war magisch. Er war auf eine besondere Art und Weise attraktiv: Seine Verbalisierungen waren immer gewaltig, perfekt, einfühlend, sinnlich, erotisch und anregend. Er war ein absoluter Charmeur und ein gnadenloser Hochstapler. Er umgarnte mich wie eine Spinne und zog mich fest in sein Netz. Ich war gefangen und doch frei, ihn zu lieben. Eine neue Welt öffnete sich mir. Ich hätte mir keinen aufmerksameren, leidenschaftlicheren Liebhaber wünschen können: Er war der Virtuose und spielte mich wie ein kostbares Instrument. Erst jetzt begann ich meinen Körper voll zu entdecken. Er liebte mich mit einer Intensität, die atemberaubend war. Ich verlor mich total mit Haut und Haaren in seiner Welt der Opulenz und Leidenschaft, bis ich alles um mich herum vergaß. Er besaß mich, betörte mich, beherrschte mich, sodass die Stunden und Tage und Nächte mit ihm wie eine einzige berauschende Orgie waren. Niemand hat je meinen Körper so geliebt wie dieser Mann. Ich war wie neugeboren, beflügelt durch seine Liebe und Leidenschaft.

Amour Fou

Ich weiß nicht, wie man es lernt, richtig zu lieben.
Vielleicht gibt es das gar nicht, Simón. Du spürst
es, wenn du dem Objekt deiner Begierde begeg-
nest. Du kannst nicht weglaufen, dich verstecken -
du musst dich öffnen. Es macht Angst, sich einer
anderen Person bedingungslos hinzugeben. Und
selbst, wenn diese Beziehung sich später gerade
wegen dieser Leidenschaft als fatal entpuppt,
musst du diesen Weg gehen. Vergiss nie an dich
selbst zu denken, dich nicht total zu verlieren.
Liebe ist das größte Geschenk und am schwersten
zu halten, denn, mein Lieber, das Leben ist Erosi-
on. Alles vergeht, -auch das kostbare Juwel Leiden-
schaft.

Wenn wir uns nicht liebten, verbrachten wir unsere Zeit zusammen mit stundenlangen, intensiven literarischen Gesprächen. Neben José kam ich mir ungebildet und unwissend vor. Also begann ich nachzuholen. Ich lerne schnell – und er wurde mein Mentor.

José war Chilene mit einer bewegten Vergangenheit. Er war ein respektierter Literaturkritiker, der unter die Crème de la Crème Südamerikas gehören wollte – ein Platz übrigens, der ihm auch gebührt. Seine Publikationen waren zum Teil wegweisend und immer bedeutend.

Er hatte wzei Schwächen: Er konnte nicht mit Geld umgehen, was ihn regelmäßig an den Rand des Ruins trieb und ihm kostbare Energie raubte. Und er war ein Schürzenjäger, was ihn letzten Endes seine Karriere kostete. Dazu kam noch eine fast fanatische politische Linksorientierung, die er bei jeglicher Gelegenheit proklamierte. Sein Arbeitspensum war intensiv, wie auch sein Weinkonsum, was ihn später auch an den Rand des Wahnsinns trieb. Ohne Zweifel war er genetisch vorprogrammiert auf diese manisch-depressive Lebensweise, aber ausschlaggebend waren wohl seine Exzesse. Im Frühling unserer Beziehung war nichts von dem kommenden Leid zu erahnen.

Es waren immer noch „the worst of times". Als Salvador Allende 1973 ermordet wurde, befand José sich plötzlich im permanenten Exil. Die Vereinigten Staaten waren nicht sein Mekka. Er verabscheute sie als politische Macht. Durch die Ermordung Allendes, die mit Hilfe der CIA geschah, wurde sein Hass geschürt und er benutzte jede, aber auch jede Gelegenheit, um seine Verachtung kundzutun. Ich lernte allmählich viele seiner Meinungsgenossen kennen: Literaten, Dichter, Professoren, Ärzte und Studenten, die alle irgendwo im Exil lebten. Sehr schnell wurde mir klar, dass ich Spanisch lernen musste, nicht nur um mit José besser zu kommunizieren (Englisch war aus ideologischen Gründen eine tote Sprache für ihn), sondern auch, um mich mit diesen faszinierenden Menschen austauschen zu können. Ich wollte nicht am Rand dieser Begegnungen bleiben, ich wollte mitmachen. So begann ich in die Welt Südamerikas einzutauchen. Ich liebte diese Menschen, ich fühlte mich wohl bei ihnen, mit ihnen, denn wir waren alle Ausländer, die eine gemeinsame Abneigung gegenüber der Politik der Vereinigten Staaten hatten. Endlich hatte ich meinen Bezugspunkt gefunden.

Der Entschluss, José nach South Carolina zu folgen, war schnell und unüberlegt gefasst. Es gab da eine kleine Episode, die mich eine Nanosekunde vor die Entscheidung stellte, José nicht zu wählen. Monate bevor ich endlich umzog, reiste ich regelmäßig nach South Carolina, um ihn zu besuchen. Auf einem dieser Flüge begegnete ich Harry Chapin mit seiner Band. Der Flug ging von Detroit nach Cleveland, wo sie am selben Abend ein Konzert gaben. Ich kannte diese Band nicht, hatte jedoch einen ihrer Songs im Radio gehört. Eines der Bandmitglieder stellte sich mir vor. Ich erwiderte, dass mir diese Band nicht sehr bekannt sei. Er fragte, was ich denn für Musik hörte. Ich erwiderte „viel Klassik, im Augenblick gerade Wagner". Und so begann ein reger Austausch, der so endete, dass er mich fragte, ob ich nicht in Cleveland aussteigen wollte, um mir das Konzert anzuhören. Ich konterte, dass mein Traummann auf mich wartete, er sagte, wenn dieser Mann dich wirklich liebt, so kann er auch einen Tag auf dich warten.

Komisch war, dass ich einen Augenblick lang überlegte, ob ich das wagen sollte. Irgendwie wollte ich aussteigen und mich einfach mitreißen lassen, aber mir fehlte der Mut dazu. Wir landeten, verabschiedeten uns und ich saß da wie benommen. Etwas in mir wollte aufstehen und mitgehen, was blieb, war ein nagendes Gefühl. Plötzlich stand der junge Mann wieder vor mir, der versucht hatte mich mitzunehmen. Er war zurückgekommen, um mich ein letztes Mal davon zu überzeugen, dass ich aussteigen sollte. Ich winkte lachend ab und flog weiter.

Erst später habe ich verstanden, dass mir hier eine Tür geöffnet wurde, durch die ich nicht gehen konnte. Es war meine Entscheidung, zu José zu fliegen, und so begann eine lange, wunderbare, grausame, herrliche, fatale Beziehung, die 25 Jahre dauerte.

Meine Chilenisierung

1974 nahm José eine Stelle an der Universität von South Carolina in Columbia an. An der Uni in Michigan verzweifelten meine Professoren, als sie hörten, dass ich mich in die Pampa, die tiefste Provinz, das absolute Hinterland, in den (damals noch) vorsintflutlichen Süden begeben würde. Ich hatte inzwischen einen Master's und war ins PhD-Programm aufgenommen worden. Ich bewarb mich um eine weitere Teaching-Fellow-Stelle in Columbia und bekam sie sofort.

Columbia war zu dem Zeitpunkt noch stark von der Rassentrennung, die nur wenige Jahre vorher beendet wurde, geprägt. Es war eine unattraktive Großstadt, die sich über viele Kilometer ausbreitete, jedoch den Charakter eines Kaffs hatte. Ich beschrieb sie meiner Mutter in einem Brief so (ich habe niemals die briefliche Verbindung mit meiner Mutter eingestellt; zumindest bemühten wir uns in Kontakt zu bleiben)

Hallo aus dem Land der unersättlichen Mosquitos, der omnipräsenten Kakerlaken und der feuchten Atmosphäre der südlichen Sonne, dessen Nächte auch recht kühl sein können, wenn man Glück hat.
Columbia ist eine derartig hässliche, uninteressante Stadt, dass man hier nicht begraben sein möchte.

Wir waren im „bible belt" angekommen. Die baptistische Auslegung der Bibel wird auf höchst fanatische Art und Weise gelebt, was bei mir den Effekt hat, mich permanent von jeglicher kirchlichen Organisation fernzuhalten. Es ist Standard, gefragt zu werden: „Welcher Kirche gehören Sie an?" Die Kirche steht im Mittelpunkt des gesellschaftlichen Lebens. Fast jedes Kind hat irgendwie mit der Kirche Kontakt, sei es durch Sportaktivitäten, Bibelstunden, Chorproben oder irgendwelche Camps. José und ich waren vollkommen isoliert. Als wir unser Haus kauften, fragten die Nachbarn, welche Farbe Chilenen denn hätten. Meine Kinder blieben die ersten sechs Monate noch bei John, bis wir wussten, wo wir wohnen würden.

In der Universität knüpften wir Kontakte zu anderen Lateinamerikanern. Mein Spanisch war zu dem Zeitpunkt nur passiv: Ich begann zu verstehen, konnte aber kaum selbst sprechen. Auf dem Weg zu einem meiner Jobs (an einem kleinen College 75 km von Columbia entfernt), hörte ich jeden Tag dieselbe Kassette „Misa Por Un Continente" (Messe für einen Kontinent). Der Text war von einem Freund von José, Rubén Bareiro Saguier, geschrieben worden. Er war ein Aufschrei gegen die unsäglichen Leiden, die verschiedene Diktaturen Südamerikas (Pinochet, Stroessner, Videla) in den Sechzigern und Siebzigern des vergangenen Jahrhunderts den Völkern angetan hatten. Es ging um Misshandlung, Folter und Korruption, die Vertonung war von Francisco Marin. Nach dem Kyrie, der Anrufung Gottes, folgte das Glaubensbekenntnis, dann das Sanctus und Gloria, mit der Bitte um Erlösung, und zum Schluss das Agnus Dei. Diese Komposition hält sich zwar an die Form einer herkömmlichen Messe, ist jedoch ein Werk mit einer bewegenden Aussage über diese Welt und über alle, die für Gerechtigkeit kämpfen.

Das waren die Texte, durch die ich Spanisch gelernt habe. Jeden Tag verstand ich mehr. Ich konnte nach Vokabeln fragen und allmählich konnte ich Sätze formulieren. Als ich dann im Sommer

1976 acht Wochen Spanisch intensiv belegte (7 Stunden täglich), ging alles ganz schnell. Ich musste die Grammatik beherrschen, denn nichts ist schlimmer, als eine Fremdsprache mit grammatischen Fehlern zu sprechen. Ich hatte ja meine private Nachhilfe zu Hause und so erwarb ich innerhalb weniger Monate eine recht gute Sprachfähigkeit. Durch das Training mit der „Misa" hatte ich eine richtig gute Aussprache, an der José auch weiterhin feilte. Mit dem Erlernen der Sprache veränderte ich mich. Spanisch durchdrang die Art und Weise, in der ich mich ausdrückte.

José und ich heirateten 1975 in Veracruz. Wir mussten zweimal Anlauf nehmen, um ihm ein Visum für Mexiko zu besorgen. Es war eine Catch-22-Situation: Da er Exilant war, bemühte sich die chilenische Regierung nicht um ihn. José konnte seinen Pass viele Jahre lang nicht erneuern lassen. So tat er es selbst. Er klebte irgendwelche alten Briefmarken in den Pass und unterschrieb mit dem Namen des peruanischen Dichters César Vallejo. Unglaublich war, dass er überall damit durchkam. In viele Staaten konnte er jedoch sowieso nicht reisen, weil dort die Pinochet-Regierung abgelehnt wurde. Das galt praktisch überall in Süd- und Mittelamerika und in vielen europäischen Staaten, wie z. B. in Frankreich. Irgendwie kam sein Visum dann doch zustande und wir fuhren von South Carolina nach Mexiko Stadt und dann weiter bis nach Veracruz. Ich hatte mir den Ort ausgesucht, weil ich die verrückte Idee hatte, dass Veracruz eine wunderschöne Stadt sei.

Das war meine zweite Reise nach Mittelamerika. Mexico war ganz anders als Guatemala. Wir sind in dem Sommer sechs Wochen mit dem Auto dort unterwegs gewesen. Auf dem Weg in den Koloss Mexiko-Stadt kamen wir durch Monterrey und San Luis de Potosí. Jede dieser Städte enthält irgendein Juwel, das jedoch den Eindruck der Trostlosigkeit nicht vertreiben kann. Die Städte sind hässlich und dienen lediglich dazu, Menschen unterzubringen. Es gibt weder einen architektonischen Zusammenhalt noch eine sichtbare, sinnvolle Städteplanung. Irgendwie scheint in Mexiko die urbane Landschaft aus den Fugen geraten zu sein: Sie verändert sich und wächst ins Maßlose oder stirbt ab, indem sie sich an wirtschaftlichen Faktoren orientiert. Wo es Arbeit gibt, oder wo sie nur vermutet wird, wächst eine Stadt ohne jegliche Kontrolle. In Mexiko-Stadt leben viele Millionen Menschen vorsintflutlich ohne Wasser, Elektrizität oder Kanalisation. Man wird sich des Ausmaßes dieser Stadt am besten bewusst, wenn man sie anfliegt. Sie füllt ein riesengroßes Tal so weit das Auge sehen kann, mit unzähligen Hütten, Häuschen, Häusern und natürlich auch Villen. Was mich an Mexiko-Stadt faszinierte, war, dass diese geschichtsträchtige Stadt sich immer ganz unerwartet offenbart, nämlich dann, wenn irgendein öffentliches Projekt gebaut wird. Sowie man zu graben beginnt, entdeckt man die Geschichte des Landes. Unter einer alten Straßenbahn findet man Überbleibsel des Bürgerkriegs, darunter Gegenstände, die den Eroberern zuzuordnen sind, und ganz unten stößt man auf Spuren der Azteken. Als ich Chapultepec sah, wo der letzte Kaiser von Mexiko, MaximilianI., für drei Jahre lebte, konnte ich mir lebhaft vorstellen, welchen Kulturschock er und seine geliebte Carlotta erlitten haben mussten, als sie ihre Regentschaft antraten.

Auch heute noch ist Mexiko-Stadt eine für mich unerträgliche Stadt. Damals war sie ein großes Dorf, und jetzt ist sie eine mörderisch große Metropole, wo man in den Menschenmassen einfach untergeht.

Unsere Reise nach Veracruz führte uns durch Puebla bis an den Golf von Mexiko. In Veracruz wurde José krank. Er schaffte es gerade noch durch unsere Hochzeitszeremonie und musste dann die nächsten Tage im Hotel verbringen. Es war Juli und die mörderischen Temperaturen wurden durch die hohe Luftfeuchtigkeit unerträglich. Der offizielle Start in unser Eheleben hätte nicht miserabler ausfallen können. Doch irgendwie haben wir beide diese Reise überlebt und kamen total erschöpft und voller Parasiten wieder in South Carolina an.

Scott und Nicole lebten das Schuljahr über mit uns und verbrachten ihre Sommer mit John. Das war eine optimale Lösung, denn John musste sich neu erfinden, was ihm auch gelang. Er erlernte das Goldschmiedehandwerk und baute sich allmählich eine solide Existenz auf.

Meine Kinder sind in South Carolina aufgewachsen, und es ist trotzdem was aus ihnen geworden. South Carolina liegt so ungefähr an letzter Stelle, was Bildung angeht. Scott wurde als Erster eingeschult. Wir mieteten damals ein Haus nahe dem Stadtkern von Columbia; wir hatten keine Ahnung, dass die Nachbarschaften um uns nur von armen Schwarzen bewohnt waren, was automatisch bedeutete, dass die zuständigen Schulen praktisch wie Slumschulen angesehen wurden. Wir wohnten in einer „weißen" Straße, deren Einwohner allerdings auffällig alt waren. Scott gehörte in seiner Schule zu einer Minderheit, was ihm nie aufgefallen ist, mir schon, als ich zu einem Elternabend ging. Das Gute an dieser Schule war, dass viel Wert auf Disziplin gelegt wurde, was Scott gut tat. Das nächste Schuljahr verbrachte er in einer typischen weißen Nachbarschaftsschule, wo dann auch Nicole eingeschult wurde. Beide Kinder schienen sich sehr gut zu integrieren. Scott war am Anfang noch ein Überflieger, aber irgendwann legte sich seine Freude am Lernen, während Nicole sofort ihren Halt fand.

In amerikanischen Schulen ist es möglich, dass ein begabtes Kind nicht zurückstecken muss. Am Ende der vierten Klasse wurde ich von Nicoles Klassenlehrerin informiert, dass meine Tochter nicht nur die vierte, sondern auch die fünfte Klasse innerhalb eines Schuljahres absolviert hätte. Sie wäre immer sehr schnell mit dem gängigen Unterricht fertig gewesen und so hätte man sie einfach lernen lassen. Beide Kinder kamen so fast gleichzeitig in die Middle School.

Der Unterricht war für Scott so langweilig, dass er sich das Malen beibrachte. Als er eines Tages von mir Stubenarrest bekam – wo ich ihn eine Stunde lang auf sein Zimmer verwies, um über sein Benehmen nachzudenken – fand ich am Ende seiner „Buße" ein Blatt Papier, auf dem ein Pfahl zu sehen war, um den sich drei Ringe dreidimensional drehten. Ich war sprachlos. Er hatte bei uns viele von Vasarelys Bildern gesehen und sich diese Art der Darstellung abgeguckt. Seine Erklärung war: „Du bist lange nicht in der Schule gewesen." Daraufhin wurde Scott regelmäßig mit guten Zeichenstiften und Papier versorgt. Er hatte ein Talent, das unbedingt gefördert werden musste. Heute ist er Goldschmied, wie sein Vater, mit dem großen Unterschied, dass er wunderbare Designs macht, während sein Vater lediglich ein Goldschmied ist, der sein Handwerk beherrscht. Scott ist der Künstler, der John nie sein kann. Nicole entwickelte sich akademisch: Sie war mathematisch und naturwissenschaftlich interessiert und begabt und ist heute eine engagierte Lehrerin und Anthropologin.

Es war ein langer Weg dahin. Die ersten Jahre in Columbia waren intensiv, angefüllt mit Arbeit, um davon abzulenken, dass wir in einem großen, entfernten Dorf lebten, völlig isoliert. Wir waren nicht die einzigen Ausländer, jedoch die einzigen, die nichts mit „business" zu tun hatten. Rechts neben uns wohnte ein Oberst aus Mississippi, neben ihm ein Japaner, der wie auch der Brite auf der anderen Straßenseite bei Westinghouse als Ingenieur tätig war. Uns gegenüber wohnte ein Banker aus South Carolina, links neben uns ein Doktor aus New York, neben ihm ein Amerikaner griechischer Herkunft, neben ihm ein Hals-Nasen-Ohren-Arzt, der überzeugter Baptist war. Diese Konstellation änderte sich einige Male, indem der Arzt aus New York, der Japaner, der Banker und der HNO-Arzt wegzogen.

Zunächst wurden wir südländisch freundlich aufgenommen. Am zweiten Tag nach unserem Einzug stand plötzlich eine Minidelegation der Nachbarschaft vor unserer Tür. Drei Frauen hatten sich zusammengetan und uns einen Willkommenskuchen gebacken. Ich war gerade dabei Kisten auszupacken, als die Damen klingelten. Sie waren alle ältere Damen, die sehr neugierig darauf waren, mich kennenzulernen. Ich beging den großen Fauxpas, den Kuchen zu nehmen, mich zu bedanken und sie wegzuschicken. Sitte wäre es gewesen, sie hereinzubitten – was ich nicht wusste. Natürlich wurde über meine schlechten Manieren geklatscht. Die Nachbarinnen grüßten zwar freundlich, hielten jedoch für lange Zeit einen gewissen Abstand.

Wir hatten ein sehr schönes, geräumiges Haus gekauft, das wir erst über die Jahre voll möblieren konnten. Ein großes Problem, das wir hatten, war Josés Exfrau. Sie ging nämlich vor Gericht und klagte einen für Josés Verhältnisse exorbitanten Kindesunterhalt ein. José pflegte mir nie über wesentliche Dinge Auskunft zu geben, was später wirklich verheerende Auswirkungen hatte. Ich wusste, dass er Unterhaltszahlungen leistete, jedoch nicht, in welcher Höhe. Irgendwann in den Siebzigern musste er plötzlich vor Gericht erscheinen.

José soll monatlich $ 1,900 an Unterhalt zahlen und seine Ehemalige verlangt dazu noch $ 9,000 cash. Ich bin also zu seinem Anwalt gegangen, um mir das erklären zu lassen. Mein lieber Mann hat diese Klage von Anfang an einfach nicht ernst genommen, weil es so etwas in Chile gar nicht gibt. Sein Anwalt war in dem Glauben, dass wir richtig viel Geld verdienen und uns diese Zahlungen leisten können, da José ihn nie eines Besseren belehrt hat. Als Erstes musste mein Mann also einen Tag ins Gefängnis, als Warnschuss sozusagen, denn wenn er nicht zahlt, erhält er eine längere Gefängnisstrafe. Ich bin mir schon seit Längerem bewusst, dass José in einer Sphäre lebt, die von der Realität weit entfernt ist. Der Mann ist genial in seinem Beruf und arbeitet unermüdlich. Für ihn gibt es keine praktische Seite des Lebens – er ignoriert sie einfach wie ein Kind, und dann ist sie auch nicht da.

Von da an begann ein Kampf ums pure Überleben. Nachdem unser Einkommen transparent dem Gericht vorgelegt wurde, mussten wir zwei Drittel für den Unterhalt seiner Kinder abführen, bis in die Mittachtziger Jahre. Ich verdiente immer genügend Geld, um den Haushalt zu finanzieren. Die Sommer wurden zu großen Problemen, da wir nur semesterweise bezahlt wurden. Meistens konnte einer von uns in der Sommerschule unterrichten, sodass wir bis zum September durchkamen. Oft hatten wir ein paar Dollar übrig bis zum nächsten Zahltag. Wir lebten jahrelang in akuter Geldnot.
Ich hatte auch mehrmals zwei Stellen gleichzeitig, aber das konnte ich nicht lange durchhalten. Ich war Mutter, Köchin,

Hausfrau, Waschfrau, Gärtnerin, zweifache Lehrerin und versuchte mich um unsere Finanzen zu kümmern. Je schlechter es uns ging, desto mehr hielten wir zusammen. Unsere Beziehung litt nicht unter diesen fürchterlichen Bedingungen, sondern sie wurde immer fester. Ich litt oft unter Schlaflosigkeit und extremen Magenschmerzen. Nach außen ließen wir uns nichts anmerken. Wir gewöhnten uns allmählich an die laufenden Forderungen, an Kreditaufnahmen, Zahlungen und Gefängnisstrafen. Irgendwie haben wir diesen ganzen Albtraum überlebt. Ich habe José bedingungslos geglaubt und unterstützt. Es gab keine Außenwelt, ich sah alles nur durch seine Perspektive. Alles, was ihm geschah, geschah auch mir. Aus seiner Sicht waren wir Opfer einer zutiefst verletzten, rachsüchtigen Frau und eines völlig unfairen Justizsystems. Ich litt bestimmt mehr als José und nahm ihn immer in Schutz. Er wusste, dass ich ihn aus jeder heiklen Situation irgendwie rausholen würde, und genau das passierte immer wieder ad infinitum. Ich wurde eine veritable Florence Nightingale.

Simón, ich sitze seit Stunden hier und versuche mich zu erinnern. Das war eine furchtbare Zeit, an die ich einfach nicht mehr denken will. Alles ist wie verschwommen. Plötzlich tauchen Bilder auf, Emotionen, die ich jahrelang unterdrückt habe. Die ersten Jahre mit José waren einfach entsetzlich. Noch nie habe ich solche Angst gehabt, das Leben nicht meistern zu können. Aber weißt du was? Alles, was aus diesen Jahren geblieben ist,

ist die Gewissheit, dass es immer weitergeht. Selbst wenn du es nicht mehr willst und denkst, du kannst es nicht mehr aushalten, wachst du immer wieder auf und folgst deiner eingespielten Routine. Irgendwo in dir findest du einen Widerstand, der nicht aufgeben will. Du beginnst zu kämpfen und du überlebst. Über die Zeit merkst du, wie du abstumpfst, wie du weniger anfällig wirst.

Lehrjahre

Obwohl man mir abgeraten hatte, in Columbia zu studieren, hatte ich das Glück, in all dieser Mittelmäßigkeit einem genialen Professor zu begegnen: Morse Peckham. Wie José wurde auch er mit einem attraktiven Angebot nach Columbia gelockt und fand sich in einer (damals) provinziellen Englischfakultät wieder. Er hatte sich national und international auf dem Gebiet der vergleichenden Literaturwissenschaften einen Namen gemacht. In seinen Seminaren begegnete man jedes Semester denselben Studenten. Die meisten kannten sich, da sie schon etliche Semester bei dem Meister belegt hatten. Ein Student schnitt alle Vorlesungen mit und hat sie bestimmt in der Zwischenzeit irgendwie veröffentlicht.

Morse, mit dem wir später befreundet waren, war eine intellektuelle Bombe. Er unterrichtete jedes Semester einen Kurs, der Teil einer Vorlesungsreihe war. Der Anfang lag bei 1800 und das Ende bei 1920. Es gab keinen chronologischen Ablauf, sondern Morse nahm jeweils eine beliebige Dekade und tauchte mit uns in die europäische Literatur, Philosophie, Musik und Wissenschaften dieser Zeit ein, wobei England und Amerika außen vor blieben. Man musste später eine Semesterarbeit einreichen, die einen Künstler oder Denker der Wahl aus den Englisch sprechenden Ländern auf eine der erarbeiteten Thesen hin untersuchte. Sonntags hörte man sich mit Morse die Musik dieser Dekade an, so von 15 Uhr bis in die Puppen. Jede Vorlesung dauerte eine Thermoskanne Kaffee und eine Packung Pall Mall lang, sprich drei Stunden.

Oft begann alles ganz harmlos, hier eine Anekdote, da ein Bonmot, aber plötzlich wurde daraus ein wahres Vorlesungsfest. Man konnte oft gar nicht schnell genug mitdenken und musste sich später alles anhand seiner Notizen noch mal erarbeiten. Wenn Morse auf dem Höhepunkt seiner Vorlesung angekommen war, fühlte ich mich in einer anderen Welt. Meine Gedankengänge überstürzten sich und ich war überglücklich. Es war wie ein intellektueller Orgasmus, den ich in diesen Vorlesungen jedes Mal am ganzen Körper spürte: ein unbändiges Entzücken packte mich, das lange anhielt. Welten taten sich auf.

Es gab so vieles, was ich selbst lesen musste, und so verschlang ich diese Texte, berauschte mich an der Musik und genoss die Kunst der Epoche. Ich begann richtig zu lernen. Alle 14 Tage mussten wir eine zweiseitige (und keine Silbe länger!) Rezension über fünfhundert gelesene Seiten abgeben. Es war sehr schwer zu lernen, seine Gedanken auf einen zählbaren Umfang zu reduzieren. Ich wollte den Meister auf mich aufmerksam machen und es klappte. Ich spürte, dass er mich als Schülerin respektierte.

In dieser Zeit begann ich mich an Konferenzen zu beteiligen, was ich José als Antriebskraft zu verdanken hatte. Oft besuchten wir zusammen literarische Veranstaltungen, er der Starprofessor der Lateinamerikanischen Literatur und ich die Novizin, die versuchte, sich selbst zu etablieren. José war mein Mentor, wie auch Morse.

Ich begann mich sicherer zu fühlen, aber all das hatte nichts mit dem richtigen Leben unter Amerikanern zu tun. Ich verkehrte nur mit Ausländern, lebte neben meinen Nachbarn, die ich nur durch mein Autofenster sah und ihnen „hi" zuwinkte. Ich sprach inzwischen mehr Spanisch als Englisch. Nebenbei unterrichtete ich Deutsch als Fremdsprache. Ich hatte eine gute Ausbildung an der Uni in Michigan erhalten, die ich jetzt nutzen konnte. In South Carolina machte ich damit weiter, was nicht so attraktiv war, da die Klientel intellektuell von einem anderen Kaliber war als in Michigan. Während der Siebziger bekam ich eine zusätzliche Stelle am Newberry College, wo ich vier Jahre versuchte, Landeiern Deutsch beizubringen. Der Grund, warum dieses private, kirchlich geförderte College Deutsch anbot, war wohl Helmut Schmidt, der mit dem Präsidenten dieses Colleges befreundet war und der einen Ehrendoktor von Newberry erhalten hatte.

Als ich Ende der Siebziger schon zehn Semester bei Morse Peckham u. a. studiert hatte, war ich akademisch an dem Punkt angelangt, wo man eigentlich seine Dissertation schreibt. Die Prüfungen zur Zulassung für den Dr. phil. hatte ich schon lange abgelegt. Ein Thema hatte ich auch: Ich wollte Erich von Kahlers Ideen über „Die Auflösung der Form" als Beginn einer Studie über Künstler und Schriftsteller bearbeiten. Ich hatte mir die Paarung Monet und Baudelaire, Cézanne und Rimbaud sowie Kandinsky und Trakl ausgesucht. Diese Dissertation existiert nur in meinem Kopf. Ich hatte nie die Zeit oder die Muße, sie zu schreiben. Irgendwann war es dann auch nicht mehr wichtig.
Dazu muss ich noch erwähnen, dass ich in Princeton Frau von Kahler kennengelernt habe, auf einer Party bei Steve Forbes. Als ich ihr erzählte, wie sehr ich mich für das Werk ihres Mannes interessierte, lud sie mich zum Tee ein. Und so war ich in von Kahlers Haus, das sich durch die schweren Vorhänge, die das Tageslicht abschirmten, die Aura des neunzehnten Jahrhunderts bewahrt hatte. Man hatte das Gefühl, dass hier seit Jahrzehnten nichts bewegt worden war. Ich saß in seinem Arbeitszimmer, das bis zur Decke mit Büchern vollgestopft war, und trank Tee mit

seiner Frau. Ich werde nie vergessen, wie sie mir ein Stück Toast anbot. Der Toaster stand vor einem Regal und als der Toast fertig war, flog er in hohem Bogen in das Regal. Frau von Kahler war daran wohl gewöhnt, stellte sich auf einen Stuhl, fischte die Scheibe aus dem verstaubten Regal und legte ihn mir auf den Teller. Sie konnte wenig Auskunft geben über das, was ich wissen wollte, aber wir verbrachten einen sympathisch-chaotischen Nachmittag miteinander. Das war Weihnachten 1979. José und ich waren auf eine Einladung von Carlos Fuentes nach Princeton gekommen, wo wir ein paar Tage in seinem Haus verbrachten. Auf der erwähnten Party lernte ich auch Joyce Carol Oates kennen, die ich wegen ihrer allgemeinen Blässe für eine Studentin hielt und auch als solche ansprach. Das fand sie gar nicht komisch und ließ mich stehen.

Die Realität war immer noch, dass ich eine Stelle finden musste. Ich verzettelte mich in kleinen Jobs, die nicht genügend bezahlt wurden. Die schlimmste Erfahrung in dieser Hinsicht machte ich in einer Fernsehstation.
Ich bewarb mich kalt, ging einfach hin und hoffte, einen Job in der Produktion zu bekommen. Es gab vier Sender in Columbia. Natürlich begann ich mit der größten NBC Station. Ich kam nicht weiter als bis zur Sekretärin des Managers. Dasselbe spielte sich bei den nächsten beiden ab. Beim vierten Sender musste ich einfach Erfolg haben. Allerdings sah er ganz anders aus als die vorherigen. Der Parkplatz war nicht gepflastert. Ich betrat das Gebäude und befand mich in einer Art Lounge. Rechts befand sich ein „Pleather-Sofa" (P wie Plastik und der Rest wie leather), das schon ziemlich durchgesessen aussah, davor stand ein Cocktailtisch aus einem holzähnlichen Material, voll bedeckt mit Zeitungen. Rechts davon ein riesengroßer Fernseher, vor demsel-

ben ein abgesessener Sessel. Die Wände waren plastikholzgetäfelt. An einer Wand hing das industriell gefertigte Bild einer Großstadtansicht in Gelb und Schwarz. Der Fernseher lief, es gab gerade eine Soap-Opera, im Sessel davor saß eine Frau und aß einen Whopper. (Man kennt einfach den Unterschied zwischen den verschiedenen Hamburgerrestaurants: Ein Whopper kommt von Burger King.)

Die Frau hatte, was ich einen „Bowling Alley Hairdo" nenne: einen unwahrscheinlich hoch toupierten Dutt, den die B-52s, diese tolle Retro-Avantgarde-Rockband, wieder ins Leben gerufen hatte. Fast keine(r) folgte diesem Ruf, aber diese Dame trug ihn und das Make-up dazu. Nach einigen Minuten nahm sie mich wahr; sie war die Sekretärin und Empfangsdame. Sie ließ mich nach einem Anruf zum Chef durch. Donald Kraut war sein Name. Er sah aus wie ein Klon von Adolf Hitler, bloß trug er keinen Schnauzbart.

Zunächst gab es keine freie Stelle, jedoch als er erfuhr, dass ich Deutsche war, änderte sich die Lage. Er könnte mich in „traffic" unterbringen, aber das sei ein ganz schwieriges Gebiet und man bräuchte monatelanges Training, bevor man das in den Griff bekomme. Da ich jedoch Deutsche wäre, war er sich sicher, dass ich das lernen würde, denn die Geschichte hätte ja gezeigt, dass Deutsche alles tun, was ihnen auferlegt wird. Wir seien ein Volk, das immer alles perfekt ausführt.

Ich schäumte vor Wut, wollte ihm am liebsten sagen, wohin er gehen könnte – aber da war das Problem meines Geldmangels. Also lächelte ich, versprach ihm, mich richtig anzustrengen, um diesen schwierigen Job zu lernen, und ging erleichtert heulend nach Hause.

Statt in der Produktion der Shows zu arbeiten, fand ich mich, wie auch vier weitere Frauen, zum ersten Mal in meinem Leben als

Programmassistentin hinter einem Computer wieder. Es ging darum, die Dateien der Werbekunden zu aktualisieren und neue Aufträge aufzunehmen. Jeden Tag um 13 Uhr wurde ein Computer-Run gemacht, wo alle neuen Werbespots eingepflegt wurden. Danach gab es eine Korrektur des Programms, anschließend wurde es in den Kontrollraum gebracht, wo es dann ausgeführt wurde. Gab es eine Panne bei der Ausstrahlung, was täglich geschah, musste man den Kunden anrufen, ihm sagen, dass sein Spot leider zu der vereinbarten Zeit nicht gesendet wurde, und ihm neue Optionen anbieten, oft mit einem Extraspot. Das einzig „Schwierige" an diesem Job war, dass man sich Dutzende von langen Kundennummern merken musste, die man umständlich als Formeln getarnt eingab. Das war alles noch im DOS-System. Und man musste es verstehen, die voluminösen Kundendateien zu bearbeiten, die jede Sekunde länger, verworrener und also komplizierter wurden. Ich hatte diese langweilige Routine innerhalb einer Woche begriffen und begann der Frau mit dem Plan für das Programm zu helfen. Das war damals alles Handarbeit. Meine Vorgesetzte ärgerte sich unbändig darüber, dass ich die Arbeit so schnell gelernt hatte und nur einen Bruchteil der Zeit brauchte, den die anderen Frauen benötigten. Sie begann mir das Leben ein bisschen schwer zu machen. Ich hielt es fast ein Jahr dort aus, musste dann aber kündigen, um nicht vollkommen geistig zu versumpfen, was der Manager gar nicht verstehen konnte. Mit meiner Kündigung übergab ich ihm auch eine Liste an Tipps, wie er den Profit seines Senders erhöhen könnte. Das fand er nicht lustig, aber wie das Schicksal so spielt, hörte ich wenige Wochen später, dass man ihn entlassen hatte.

Ich war froh, diesen Job los zu sein, und habe ihn auch nie in meinem CV erwähnt. Es gab viel wichtigere Dinge zu tun: das

„Equal Rights Amendment", das die Gleichstellung der Frau gesetzlich festlegen sollte, brauchte noch die Zustimmung einiger Staaten, um ratifiziert zu werden. Ich meldete mich als Freiwillige, um bei der Organisation mitzuhelfen. Für mich war es klar, dass es sich hierbei um eine reine Formsache handelte, aber schon bei der ersten Veranstaltung traute ich meinen Ohren nicht: Die typische Frau aus South Carolina hatte keinerlei Interesse an einer Gleichstellung. Sie sah sich in einer privilegierten sozialen Sonderstellung, an der sie nicht rütteln wollte. Im Fall einer Scheidung etwa wird eine Frau total begünstigt. In South Carolina gibt es noch die „Dower Rights", die die Frau davor beschützen, dass ein Mann ohne ihre Zustimmung das Haus verkauft – oder eine Hypothek aufnimmt; also eine Art Vetorecht, was Immobilien angeht. Diese Frauen wollten keine Veränderung.

Nach monatelangen Anstrengungen scheiterte das Amendment. Ich habe mir lange überlegt, was für Änderungen die Ratifizierung gebracht hätte, aber wenn ich mir Länder wie Deutschland ansehe, wo Frauen die Gleichstellung grundgesetzmäßig ja besitzen, suche ich, worin der Unterschied in der Stellung der Frau besteht. Frauen verdienen in Deutschland meistens weniger als Männer, bekleiden kaum entscheidende Posten und werden genauso behandelt wie in den Staaten, mit dem großen Unterschied, dass dort der öffentliche Umgang miteinander seit Anfang der Neunziger genau definiert ist (im *Sexual Harassment*). Das kann man belächeln und kritisieren, aber mir persönlich ist es allemal lieber, wenn ich wegen meiner Leistung angesprochen werde als wegen meines Aussehens.

Ich hatte mich auch oft in den Schulen meiner Kinder engagiert. Das wird von Eltern erwartet: Wer immer etwas zum Unterricht beitragen kann, tut es. Für mich als Deutschlehrerin war es klar, dass ich öfter Klassen besuchte und versuchte, in den Kindern die Neugier auf Fremdsprachen zu wecken. Dieses Engagement führte dann letztlich zu dem Job, durch den ich endlich Geld verdiente, sodass wir sorgenlos leben konnten.

Eines Tages stand eine Frau vor meiner Tür, die eine meiner Unterrichtsstunden in einer siebten Klasse miterlebt hatte. Sie sagte mir, dass eine Stelle in der High School nebenan frei würde und dass ich mich unbedingt bewerben sollte, denn man hätte schon von mir gehört. Also bewarb ich mich. Der Personalchef dieses Schulbezirks war ein Spießbürger, der noch nie ein Vorstellungsgespräch mit einer ausländischen Bewerberin geführt hatte. Von Anfang an war da eine Wand zwischen uns, die einfach nicht zu beseitigen war. Ich fühlte mich unwohl in seiner Gegenwart und hatte das Gefühl, bei einem CIA-Verhör zu sein. Er stolperte über meinen Namen, was an der Tagesordnung war, denn niemand sprach meinen Vor- noch Nachnamen jemals korrekt aus. Ich war daran gewöhnt und wollte auch keine Ausspracheübungen mit diesem Mann machen. Er sah, dass mein MA von der Universität Michigan war, was ganz klar schon ein Minus bedeutete: Leute jenseits der Mason-Dixon-Line, die die Südstaaten von den Nordstaaten trennt, waren ihm suspekt. Er freute sich über meine Semester an der Universität South Carolina. Oft tat er so, als ob er mich nicht verstünde (mein Englisch war ausgezeichnet), und hin und wieder korrigierte er meine Aussprache. Jeder, der je in South Carolina war, weiß, dass dort ein sehr spezielles Englisch gesprochen wird, das von jeglichem Standard abweicht. Besucher wissen oft nicht, ob das überhaupt noch als Englisch zu klassifizieren ist. Wir haben ja ähnliche Vorurteile in Deutschland, z. B. was Sächsisch oder Schwäbisch betrifft, die ich auch nicht teile. Dieser Mr. Toad war ein unangenehmer Mensch, der mir klarzumachen versuchte, dass Schüler in South Carolina keine Fremdsprachen bräuchten, sondern erst mal anständig Englisch lernen müssten. Das Gespräch endete unschön, weil ich mich gegen diese Aussage gewehrt hatte und wusste, dass er mich nie einstellen würde, weil ich nicht „eine von ihnen" war. Als ich sein Büro verließ, stand vor der Tür eine junge Frau, die sich auch um eine Stelle bewarb, und zwar als Grundschullehrerin. Mr. Toad kannte sie anscheinend persönlich und begrüßte sie warm und herzlich; als sie ihren Mund öffnete, wusste ich warum: Sie war „a member of the club".

Ich sollte mich nach diesem verheerenden Gespräch noch in der Schule vorstellen. Dort hatte ich einen Termin mit einem der drei Rektoren. Der Hauptrektor war damals ein Baptistenpastor – unglaublich, aber wahr, ein zweiter war ein Armani-Fan, der eleganteste Rektor, den ich je gesehen habe, und der dritte, mit dem ich mein Interview hatte, war ein schwuler, älterer, weißhaariger Mann. Dem saß ich dann gegenüber und wusste, dass ich diese Stelle nie bekommen würde. Wir plauderten, dann stellte er Fragen. Es war leicht, mich in dieses Gespräch reinzufinden, und nach einer Stunde verkündete er seine Beurteilung. Zunächst hatte ich auf ihn einen negativen Eindruck gemacht, weil ich zu jung aussah, aber dann hätte er durch meine Antworten festgestellt, dass ich durchaus für diesen herausfordernden Job geeignet sei. Ich erwähnte, dass Mr. Toad das anders sah. Daraufhin ergriff er das Telefon und sagte der Person am anderen Ende der Leitung, dass ich eingestellt sei. Diese Person war Mr. Toad. So wurde ich High-School-Lehrerin und begann meinen Job genau an dem Tag und an der Schule, wo Scott den letzten Teil seiner Schulausbildung begann. Nicole folgte dann ein Jahr später.

Wenn mir jemand ein paar Jahre zuvor gesagt hätte, dass ich mal als Lehrerin arbeiten würde, hätte ich ihn ausgelacht. Du hast keine Ahnung, Simón, wie sehr ich meine Schulzeit gehasst habe - wegen einiger Lehrerinnen, die mir das Leben schwer gemacht hatten. Sie hatten mir das Gefühl vermittelt, eine Null zu sein, ein Nichts, jemand, der zu dumm ist, um ein Gymnasium zu besuchen. Lehrer können alles zerstören! Die Erfahrungen, die ein Schüler macht, haften ein Leben lang an ihm. Niemand ist zu dumm, alle Menschen haben etwas, was gefördert werden muss. Das ist die schwere Aufgabe eines Lehrers, denn es gibt immer Menschen, mit denen man sich richtig anstrengen muss, um einen Erfolg zu erzielen. Ein Lehrer muss objektiv bleiben, er muss jeden Schüler akzeptieren können und versuchen, ihn zu unterrichten. Um einen solchen Beruf zu ergreifen, muss man akademisch gut ausgebildet sein, Menschen jeglicher Herkunft respektieren, ihnen wohlwollend gegenübertreten und mit ihnen arbeiten wollen. Ein guter Lehrer motiviert seine Schüler dazu, das Beste aus sich herauszuholen.

Life as a Teacher

Ich war inzwischen 36 Jahre alt. Obwohl ich seit neun Jahren als Lehrbeauftragte/Lektorin an verschiedenen Unis und Colleges gearbeitet hatte, war dies meine erste Festanstellung. Ich wurde auch noch sehr gut bezahlt, was unser Leben zunächst viel angenehmer machte. José musste zwar immer noch hohe Summen an seine ehemalige Frau zahlen, aber ich begann das Licht am Ende des Tunnels zu sehen. Wir würden es schaffen!

Ich war die einzige Ausländerin an meiner neuen Schule und wurde nicht von allen Kollegen mit offenen Armen empfangen. Da ich besser ausgebildet war als die damalige Durchschnittslehrerin (der größte Teil des Kollegiums bestand aus Frauen), gab es kleine Sticheleien. Ich passte mich äußerlich an und kam jeden Tag anders gekleidet in die Schule. Ich brach dann das Eis, indem ich öfter etwas zum Mittagessen mitbrachte. Bald waren meine Quiches sehr begehrt und wir begannen uns zu befreunden.

Für mich war dieser Job ein völlig neues Pflaster, denn bis zu diesem Zeitpunkt hatte ich nur Studenten unterrichtet. Die High School hatte ungefähr 1.700 Schüler und eine Fakultät von rund 150 Lehrern. Der Schulbezirk schloss viele gute Wohngegenden ein, sodass die Steuergelder eine moderne, gut ausgestattete Schule finanzierten. (Je reicher die Wohngegend, desto besser die Schulen.) Eine Privatschule könnte da gar nicht mithalten –

Privatschulen im Süden verfügen einfach nicht über die Mittel, die ein guter Distrikt über die Steuern erhält. Es gab eine anständige Bibliothek, ein Theater, ein Orchester, gut ausgestattete Labs und natürlich alles um den Sport von Basketball, Baseball, Football, Golf, Tennis, Leichtathletik bis hin um Ringen, nur ein Pool fehlte.

Es war eine Art Gesamtschule, wo alles untergebracht war, von der Sonderschule bis zur Berufsschule. Ein Schüler wurde aufgrund seiner Leistung eingestuft: „basic" (Grundkurs) , „Standard", „accelerated" (beschleunigt) oder „honors" (Leistungskurs). Englischkurse für die zehnte Klasse gab es also in vier Varianten: English 1 (basic), English 1, English 1 (acc), English 1 (honors). Dasselbe war in Chemie, Physik, Mathematik, Geschichte und zum Teil bei den Fremdsprachen der Fall, insbesondere Spanisch.

Akademisch talentierte Schüler besuchten ausschließlich Leistungskurse, wobei Fremdsprachen wieder eine Ausnahme waren: Da wurden nur die letzten Jahre als Leistungskurs gegeben. Da Deutsch den Ruf hatte und hat, sehr schwer zu sein, tragen sich oft weniger Schüler ein. Spanisch hingegen hat den Ruf, leicht zu sein, und deshalb sind alle Klassen immer überfüllt. Französisch und Latein kämpfen mit Deutsch darum, genügend Schüler anzuwerben, damit die Programme auch weiterlaufen können. Als ich ankam, übernahm ich 60 Schüler in vier Klassen, deren Anzahl ich innerhalb von zwei Jahren auf 120 Schüler in fünf Klassen verdoppelte. Als fünfte Klasse musste ich „English as a Second Language" (ESL) unterrichten. Ich war die Ausländerin (allerdings zu dem Zeitpunkt ohne jegliche ESL-Erfahrung) und deshalb wurde mir die Klasse übergeben, die aus 28 Schülern aus 12 Ländern bestand ...

Die Collegejahre hatten mich kaum für diesen Job ausgebildet, denn die Klientel war herausfordernd. Zum ersten Mal arbeitete ich mit Teenagern und das gerade zu der Zeit, in der mein Sohn in der Anfangsphase einer sehr emotionalen Pubertät war, gefolgt von meiner pubertierenden Tochter.

Ich lernte ganz schnell, dass man mit althergebrachten Methoden keinen Teenager erreichen würde. In Sachen Deutsch sah ich mich gleich nach Hilfe um und fand das Goethe Institut in Atlanta, sie wurden meine Freunde und Helfer. Wann immer es eine Weiterbildung gab, war ich dabei und kam mit nützlichen Anregungen und Materialien zurück in meine Schule, sehr zum Neid der Kolleginnen. Ich konnte Filme und Musik in meinen Unterricht einbauen, wodurch er viel realitätsbezogener und lebendiger wurde. Einmal im Monat traf ich mich mit meinen Schülern in einem deutschen Restaurant, was unsere Beziehung zueinander förderte. Ich lernte es, mich mit ihnen zu unterhalten.

Die ESL-Kurse entwickelte ich dann selbst, da es keinerlei Netzwerk gab. Ausländer konnten zwar Englischkurse in den Gemeinden belegen, die von ehrenamtlichen Muttersprachlern ohne jede Ausbildung für Sprachvermittlung unterrichtet wurden, aber diese Kurse konnten nicht als Vorlage für Teenager übernommen werden. Ich rekrutierte acht Schüler aus dem Leistungskurs und setzte sie als Mentoren für die ausländischen Schüler ein. Dadurch konnte ich die Gruppe so aufteilen, dass jeder den Unterricht bekam, den er brauchte. Das klappte glänzend. Die ausländischen Schüler wurden mit Amerikanern zusammengebracht und waren viel motivierter, Englisch zu lernen, und fühlten sich nicht mehr so ausgegrenzt.

Im Winter bat mich meine Spanisch-Kollegin, für sie eine Schülerreise zu übernehmen. Sie war unerwartet schwanger geworden und hätte im April Schüler nach Mexiko begleiten sollen. Da ich die einzige andere Person war, die fließend Spanisch sprach, bat sie mich, an ihrer Stelle zu fliegen. Ich kannte zwar keinen ihrer Schüler und hatte auch noch nie eine Reise mit Schülern als Aufsichtsperson gemacht, aber ich nahm diese Vertretung gern an. Es gab ein paar Informationsabende für Eltern und Schüler, wo ich meine Schützlinge kennenlernen konnte und darauf aufmerksam gemacht wurde, was für Probleme auftauchen könnten. Außerhalb der Vereinigten Staaten gelten die strikten Alkoholverbote nicht und junge Amerikaner benehmen sich dann ähnlich wie Schweden sich in Deutschland benehmen (können). Ich sah da kein Problem und ging blauäugig auf diesen Trip.

Aus Columbia machten zwei Gruppen diese Reise: eine Delegation der anderen High School in unserem Bezirk und wir. Ich war mit acht Schülern allein; die andere Gruppe, die doppelt so groß war, wurde von acht Erwachsenen begleitet, was mir komisch vorkam.- Diese Reise war eine absolute Feuertaufe und als wir wohlbehalten wieder in die Arme unserer Lieben zurückkehrten, war ich um einiges klüger.

Meine Schüler waren durchschnittlich 17 Jahre alt und die meisten von ihnen waren noch nie im Ausland gewesen. Wir flogen über Atlanta nach Mérida, wo wir mit einer weiteren, viel größeren Gruppe aus Los Angeles zusammengeführt wurden. Die meisten Schüler aus Kalifornien kamen schon betrunken in Mexiko an. Wir wurden zusammen in unser Hotel verfrachtet, wo die Lehrer aus L. A. versuchten, ihre Schüler unter Kontrolle zu bringen. Ich hatte zu dem Zeitpunkt eine konkrete Vorstellung davon, wie diese – immerhin Kultur-! – Reise wohl verlaufen würde und entschloss mich, etwas zu tun. Nach dem Abendessen lud ich meine Schüler zur Happy Hour in die Hotelbar ein. Die Margaritas waren lächerlich billig und ich lud alle zu einem Drink ein. Die Schüler konnten es nicht fassen, aber plötzlich standen diese

Margaritas vor ihnen. Sie durften also etwas trinken – es war kein Tabu. Es stellte sich heraus, dass keiner von ihnen Margaritas mochte. Wir lernten uns kennen, tanzten und verbrachten einen richtig tollen Abend miteinander. Die Margaritas verschenkten die Schüler „als Preis" an die besten Tanzpaare in der Hoteldisco.

Entsprechend verlief der Rest dieser Reise. Wir besuchten Uxmal und sahen Mayadörfer und noch mehr Pyramiden, bis wir nach Cancún kamen, das Anfang der Achtziger noch kein Studentenmekka war. Auf dem Weg dorthin gab es horrende Szenen mit betrunkenen Schülern, die zum Teil im Straßengraben lagen und geborgen werden mussten, all das ohne jegliche Aufsichtsperson, denn die Erwachsenen waren selbst bei einem Drink in den Bars. Ich habe mich ihnen nie angeschlossen, was mir fast zum Verhängnis geworden wäre.

Von Cancún aus machten wir einen Ausflug zu einer Insel. Auf dem Weg dorthin konnten wir im Meer schnorcheln; wir wurden auf dem Schiff ausgerüstet, d. h. man schnappte sich einfach ein paar Flossen und eine Maske. Irgendwo weit auf dem Meer mussten wir dann vom Schiff ins Wasser springen, womit ich gar nicht gerechnet hatte und was ich auch gar nicht wollte. Ich sprang als Letzte und versuchte, den anderen hinterherzuschwimmen. Meine Flossen waren viel zu groß, sodass ich sofort einen Wadenkrampf bekam, und die Maske passte auch nicht. Ich legte mich auf den Rücken, um mich irgendwie zu arrangieren, und als ich mich nach ein paar Minuten wieder in die Bauchlage drehte, waren die anderen schon ganz schön weit von mir entfernt. Zuerst dachte ich mir nicht viel dabei, aber allmählich dämmerte mir, dass sie nicht zurückkamen. Da war ich allein auf weiter Flur, mitten in der absurd blauen und klaren Karibik. Ich tauchte mein Gesicht ins Wasser und konnte unter mir die wunderbare Welt des Jacques Cousteau sehen: Taucher, die wohl eine Unterwassertour gebucht hatten, schwammen 20 Meter unter mir um Korallenriffe herum, die von bunten Fischen wimmelten. Ich dachte, ich wäre oben auf einem Berg und schaute in ein tiefes Tal. Es war unglaublich. Die Sonne brannte und ich begann zu schwimmen. Eine Ewigkeit musste vergangen sein, als das Schiff zurückkam und mich aus dem Wasser holte. Dank meiner Schüler hatte man meine Abwesenheit bemerkt und mich im Wasser treiben sehen. Die Mexikaner wären sonst einfach weitergefahren.

Alle überlebten diese Reise, die den Schülern eigentlich die Möglichkeit hätte geben sollen, ihr Spanisch an den Mann zu bringen und sich die Kulturstätten der Mayas auf der Halbinsel Yucatán anzusehen. Stattdessen feierten die meisten die Tatsache, dass sie sich ungehemmt betrinken konnten, denn ihre sogenannten Aufsichtspersonen nutzten diese Zeit dazu, sich so fern wie möglich von den Schülern aufzuhalten. Am Ende der Reise schenkten meine Schüler mir eine Granatkette, die sie auf einem Markt erstanden hatten. Eine Lehrerin der anderen Schule aus Columbia sah das und war eifersüchtig.

Eine Woche nach unserer Rückkehr wurde ich aus dem Unterricht geholt. Der Rektor hatte eine Beschwerde über mich von dieser Lehrerin bekommen, in der ich beschuldigt wurde, den Schülern beim Abendessen erlaubt zu haben Wein zu trinken. Wie schon erwähnt, war dieser Rektor eigentlich ein Baptistenpfarrer, der auf Umwegen zu dieser Stelle gekommen war. Für Baptisten ist jeglicher Alkoholgenuss eine Todsünde. Ich erklärte ihm, dass ich (als Ausländerin) daran gewöhnt sei, zum Essen Wein zu trinken, dass aber die Anschuldigung falsch sei. Ich wäre gern bereit, gemeinsam mit allen Aufsichtspersonen der Parallelgruppe Details über diese Reise zu diskutieren, was letzten

Endes sehr peinlich für die Damen und Herren sein könnte. Er sollte sie anrufen und einen Termin vereinbaren. Eine Stunde später ließ er mich wissen, dass alles wohl ein Missverständnis gewesen sei.

Das war die erste von vielen Reisen mit meinen Schülern. Denn gleich im Sommer desselben Jahres, 1983, musste ich einen deutsch-amerikanischen Austausch für meine Schule organisieren.

Während meiner 16-jährigen Dienstzeit habe ich insgesamt acht solcher Austauschreisen organisiert und durchgeführt. Alle zwei Jahre kam eine Schülergruppe aus Deutschland für ungefähr vier Wochen, meistens um die Osterzeit, und in demselben Jahr reiste ich mit meinen Schülern im Sommer nach Deutschland.

Das Schwierigste war, in Columbia Familien zu finden, die einen deutschen Austauschschüler aufnehmen wollten. Es gab immer mehr deutsche als amerikanische Schüler, die sich beteiligen wollten.

Meine Schüler bestanden hauptsächlich aus zwei Gruppen: Die meisten von ihnen belegten Deutsch, weil sie aus einer Militärfamilie kamen, d. h., ihre Väter waren schon mal in Deutschland stationiert und hatten sehr oft eine deutsche Frau. Die andere Gruppe bestand aus hochtalentierten Schülern, die Deutsch belegten, um zu zeigen, dass sie es drauf hatten, eine so schwere Sprache zu lernen. Natürlich gab es auch ein paar „normale" amerikanische Schüler, die einfach an Deutsch interessiert waren, wie auch diejenigen, die politisch rechts orientiert waren, aber sie waren in meinen Klassen in der Minderheit. Selten schrieben sich Schüler aus jüdischen Familien ein, aber ich bekam einen regelmäßigen Zulauf von Europäern, deren Eltern entweder an der Uni oder in der Industrie tätig waren. Ich spürte richtig, wie diese Leute sich mit mir identifizierten, so ähnlich wie ein Harley-Fahrer den anderen sofort akzeptiert. Meine schwierigste Klientel waren definitiv die deutschen Mütter, die als Frauen amerikanischer Soldaten nach Amerika gekommen waren. Da gab es oft die größten Missverständnisse, weil sie ihr regionales Deutsch ihren Kindern oft als Standard übermittelt hatten und mich darüber belehren wollten, dass man „das" so auf Deutsch sagte und nicht so, wie ich es unterrichtete. Manchmal gab es sogar Anschuldigungen, dass ich den Schülern falsches Deutsch beibringen wollte, aber am Ende siegte immer die Vernunft. In Amerika werden die Lehrer von der Schulverwaltung unterstützt, anders als hier in Deutschland.

Ich muss noch mal zurück zu den rechtsorientierten Schülern, denn es gab einen Fall, der außergewöhnlich war. Ich lebte schon wieder in Deutschland, als ich eines Tages eine rätselhafte Postkarte erhielt. Auf der Vorderseite war irgendein Wappen, das mir nichts bedeutete. Der Text lautete ungefähr so: Sind Sie die Frau X, die meine Deutschlehrerin in South Carolina war? Wenn ja, dann melden Sie sich bitte – und es folgte eine Mailadresse. Ich erkannte seinen Namen. Er war ein Außenseiter, der gern den Kontakt mit Erwachsenen suchte. Er war gebürtiger Deutscher, dessen Mutter in einer zweiten Ehe einen amerikanischen Sergeant geheiratet hatte. So landete er in Columbia, war dort jedoch nie richtig glücklich.

Er fiel mir auf, weil man sich mit ihm unterhalten konnte. Er gab sich geistreich und sarkastisch, was eine willkommene Abwechslung zu den Kontakten mit den anderen Schülern war. Da er aus einer Militärfamilie kam wie viele meiner Schüler (Fort Jackson in Columbia ist das größte militärische Ausbildungslager in den Vereinigten Staaten), war er auch im ROTC (Reserve Officer Training Corps), was es praktisch an jeder Schule gibt. In diesen Kursen wird Militärgeschichte unterrichtet und die Schüler lernen vor allen Dingen das Marschieren. Wir haben uns immer lustig gemacht über dieses Programm, besonders weil der Leiter Commander Rambo hieß. Mehr darüber später. Also schrieb ich Andreas eine Mail. Ich bekam auch eine Antwort, in der er mir erklärte, warum er wieder in Deutschland wäre. Am Fuße seiner Mail befand sich seine Webadresse, die ich auch anklickte. Andreas war ein aktiver Neonazi geworden, der sich u. a. damit rühmte, in Amerika eine militärische Eliteausbildung erhalten zu haben. Meinte er damit sein ROTC-Marschiertraining? Je mehr ich mir seine Webpage ansah, desto ärgerlicherer wurde ich. Ich schrieb ihm zurück und versuchte ihm zu erklären, was ich von seiner Weltanschauung hielt. Blitzschnell bekam ich Antwort, er schrieb mir, dass ich nicht in sein „Hermannsland" gehöre. Meine linksorientierten Sprüche hätten ihn schon immer irritiert und meine Zeit sei vorbei. Dafür werde man sorgen und man werde sich nicht scheuen, Gewalt anzuwenden.

Zuerst dachte ich, dass ich von jetzt an mehr aufpassen müsste, denn ich lebe in einer Region, die für kleine braune Gruppierungen bekannt ist. Ich bin überzeugt, dass Andy mich angeschrieben hat, weil er sich einen weiteren Sponsor erhofft hatte. Ich habe nie wieder von ihm gehört, weiß jedoch, dass er nach einer Gefängnisstrafe und der Schließung seines Café Germania in Berlin jetzt in Meck-Pomm wohnt und agiert.

Zurück zu 1983. Der erste Austausch fand mit einem Gymnasium im Saarland statt. Mehr als 12 amerikanische Schüler hatte ich nicht zusammenbekommen, obwohl es auf der deutschen Seite 16 Anwärter gab. Damals ging alles noch per Schneckenpost. Mein Austauschpartner schickte mir die Briefe seiner Teilnehmer und ich entschied, wer welchen Partner bekam. Dann folgte ein Briefwechsel zwischen den Schülern und natürlich auch zwischen den Lehrern. Ich versammelte die Eltern der 12 angemeldeten Schüler und Schülerinnen und wir planten, was wir außerhalb der Schule mit unseren Gästen unternehmen würden. Ich delegierte, wer welche Aktivität vorzubereiten hatte, was nie ein großes Problem war, denn die meisten amerikanischen Familien, die sich anderen Kulturen öffnen, wollen auch aktiv mit eingebunden werden, um ihr Land gut zu präsentieren. Dieser Ablauf war für alle Austausche identisch. Nun erwartete ich mit Spannung meine erste deutsche Schülergruppe und meinen Kollegen, der natürlich bei mir wohnte, wie auch ich später im Sommer bei ihm untergebracht werden würde.

Es ist schwer, sich an all die verschiedenen Gruppen zu erinnern, einige haben stärkeren Eindruck hinterlassen als andere. Diese erste Gruppe war einzigartig. Ich hatte total vergessen, dass Baumholder im Saarland liegt und Ramstein gleich nebenan war. Ich erwähne das, weil diese jungen Leute, die zwar nicht in diesen Garnisonsstädten lebten, durch die amerikanische Präsenz geprägt und nicht unbedingt Fans der amerikanischen Außenpolitik waren. Dadurch entstand eine peinliche Situation.

Das schon erwähnte ROTC-Programm (Reserve Officer Training Corps), unterrichtet die Schüler in der Militärgeschichte des Landes und bringt ihnen bei, in Formationen zu marschieren, was sie dann bei den vielen Schulveranstaltungen zeigen können.

Eine Sportveranstaltung etwa beginnt immer mit dem Präsentieren der Fahnen. Alle Schüler tragen Militäruniformen und kommen sich sehr wichtig vor. Die meisten von ihnen kommen aus Militärfamilien, die in Fort Jackson stationiert sind. Akademisch begabte Schüler können wegen dieses Trainings später auch Universitätsstipendien erhalten, was aber sehr selten passiert, das Durchschnittskaliber dieser jungen Leute ist intellektuell gesehen nicht sehr beeindruckend.

Die deutschen Austauschschüler aus dem Saarland wollten diese Klassen unbedingt besuchen. Der sogenannte Commander erlaubte ihnen die Visite, bloß äußerten sich die Schüler derartig kritisch über die Militärpräsenz innerhalb einer Schule, dass sie den Commander vollkommen verärgerten und er es von dem Tag an verbot, dass Ausländer in seinen Bereich kamen. Damit war auch ich gemeint und die Situation blieb so, bis ich die Schule verließ. Ich musste mich telefonisch melden, wenn ich mich mit ihm wegen eines Schülers in Verbindung setzen wollte.

Während dieses vierwöchigen Aufenthalts tauchten die Deutschen immer häufiger in meinen Deutschklassen auf, weil sie die strikten Unterrichtsregeln in den anderen Klassen einfach nicht einhalten konnten. Man kommt nicht zu spät, man unterhält sich nicht mit anderen Schülern während des Unterrichts, man benutzt keine Schimpfwörter und man respektiert den Lehrer: Das sind die einfachen Grundregeln. Verstöße werden mit „discipline notices " geahndet, in denen dokumentiert wird, was der Schüler sich hat zuschulden kommen lassen, und basierend darauf gibt es eine Bestrafung. All das ist im Schulhandbuch zu lesen, von dem jeder Schüler eine Kopie erhält. Für deutsche Schüler war das einfach unverständlich und sie protestierten vergeblich. Sie kritisierten auch lautstark das morgendliche Fahnengelübde, das jeder Schüler mit der Hand auf dem Herzen ablegen musste. Das Ergebnis war, dass sie nicht gern in der Schule gesehen waren und dass viele meiner Kollegen sich bei mir darüber beschwerten, dass die deutschen Schüler keinen Respekt zeigten und sie nicht mehr an ihrem Unterricht teilnehmen könnten.

Der begleitende deutsche Lehrer tat nichts, um die Situation zu entspannen. Ähnliches ist später nicht wieder passiert, weil ich nach diesen Erfahrungen die Besuche ganz anders organisierte: Jeden Morgen trafen sich die deutschen Schüler mit mir und wir besprachen alles, was ihnen auf dem Herzen lag. Ich versuchte ihnen die andere Seite zu zeigen und bat um Toleranz und Respekt.

Die begleitenden Lehrer, darunter nur zwei Lehrerinnen, waren alle äußerst anspruchsvolle Gäste. Ich muss meiner Familie da ein großes Lob aussprechen, dass sie all diese Austausche ohne jegliche Beschwerde mitgemacht haben. Alle Männer durchweg waren daran gewöhnt, nach der Arbeit nach Hause zu kommen, in ihre Puschen zu schlüpfen und darauf zu warten, dass das Essen serviert wird. Keiner von ihnen bot mir auch nur einmal Hilfe an, etwa beim Auf- und Abräumen der Mahlzeiten. Es war einfach selbstverständlich, dass ich mich nach der Schule an die Arbeit machte und kochte. Ich reinigte ihr Bad, wusch ihre Wäsche und war abends ihre Unterhalterin. Am Anfang hatte ich mich ja richtig darauf gefreut, endlich mal wieder tagelang Deutsch sprechen zu können, die Freude wich bald einer konstanten Ermüdung. Oft waren ihre Ansichten für mich schwer erträglich, so wie sie auch mich bestimmt als sonderbar empfanden.

Als Highlight habe ich immer irgendwelche Reisen in den Süden organisiert. Sie fanden dann in unserer einzigen, kostbaren Ferienwoche um Ostern statt, die eigentlich die einzige Oase bis zum Semesterende für mich war. Stattdessen zogen wir mit einer Horde Jugendlicher umher, was kein reines Vergnügen war. Ich bezahlte alle Ausgaben für meine Partnerlehrer in der Annahme, dass sie mich beim Rückbesuch genauso bewirten würden. Ich wusste damals noch nicht, wie wenig großzügig, besser geizig viele Menschen sind.

Im Sommer 1983 machte ich dann meinen ersten Austausch nach Deutschland mit. Ich sah meine Schüler jeden Morgen in der Schule und versuchte ihnen Sitten und Gebräuche zu erklären. Sie konnten ja praktisch nur am Englischunterricht teilnehmen, da ihre Deutschkenntnisse äußerst begrenzt waren. Für die meisten amerikanischen Schüler waren diese Besuche absolut positiv. Sie liebten das Essen, die Städte und die vielen Partys, wo sie endlich Bier trinken konnten. Das war zwar nicht im Sinne des baptistischen Rektors, aber ich konnte ja nicht überall zur selben Zeit sein und alle beaufsichtigen. Das taten die Gastfamilien. Am Ende der Reise begleitete ich die Schüler nach Frankfurt, vergewisserte mich, dass alle ins Flugzeug kamen und schickte sie allein nach Hause, denn ich wollte noch zwei Wochen bei meiner Mutter bleiben.

Ich war gerade eine Woche zu Hause, da erhielt ich einen Anruf: Mein Mann hatte einen Nervenzusammenbruch und befand sich in einer psychiatrischen Anstalt. Ich war total schockiert, denn ich hatte José meiner Meinung nach gesund verlassen. Man konnte mir auch nicht Auskunft darüber geben, was passiert war, und so eilte ich in die Staaten zurück. Das war mir sogar lieb, denn ein Besuch bei meiner Mutter ging immer nur zwei Tage gut, bevor sie ausflippte und mich verbal gnadenlos fertigmachte. Ein Teil von mir war immer froh, meine Heimatstadt wieder verlassen zu können, ein anderer war zutiefst traurig, wieder wegzumüssen. Im Flugzeug nach Amerika hatte ich immer ein ungutes Gefühl. Ich wusste nie, ob ich auf dem Weg nach– oder von zu Hause war.

Manische Depressionen und die unerträgliche Schwere des Daseins

Josés Nervenzusammenbruch war für ihn der einzige Ausweg aus einer von ihm selbst herbeigeführten Situation, die er anders nicht mehr lösen konnte. Es stellte sich raus, dass er als „Protest" gegen die ihm abscheuliche Regierung der Vereinigten Staaten unsere Steuererklärungen der letzten drei Jahre einfach in den Papierkorb geschmissen hatte. Ich hatte davon nicht die geringste Ahnung, denn nachdem die Erklärungen fertig waren, haben wir sie beide unterschrieben und er brachte sie dann angeblich zur Post. Es war ja nicht so, dass wir keine Steuern bezahlt hätten; die wurden automatisch von unseren Gehältern abgezogen. Spätestens jeden 15. April musste man seine Steuererklärung eingeschickt haben. Das Finanzamt muss sich mehrmals mit José in Verbindung gesetzt haben, aber er hat die Erklärungen einfach nicht nachgereicht. Während ich in Deutschland war, hatte sich die Situation so zugespitzt, dass das Finanzamt begann, José zu drohen, und da wusste er nicht mehr weiter. Er sperrte sich tagelang in unser Haus ein, nahm kaum Speisen zu sich und begann zu halluzinieren. Wäre nicht ein Freund vorbeigekommen hätte die Sache ganz anders enden können. Der Freund erkannte die Lage und ließ José in ein Krankenhaus einweisen. Ich versuchte mir einen Überblick zu verschaffen, sah jedoch sofort, dass ich dringend einen Anwalt brauchte.
Ich suchte mir aus den gelben Seiten einen Steuerfachmann und wie das Schicksal es wollte, fand ich genau den richtigen Mann. Es war nicht der Anwalt der Kanzlei, der mir half, sondern ein älterer Herr, der für ihn freiberuflich arbeitete. Mr. Bundy war

vor seiner Pensionierung der Direktor des Finanzamts für fünf südliche Staaten gewesen. Eine bessere Person hätte ich gar nicht finden können. Wir beide versuchten nun herauszufinden, was genau passiert war. José war nicht ansprechbar. Mr. Bundy und ich gingen zum Finanzamt, wo man José wie einen bunten Hund kannte und auch mit mir nicht viel zu tun haben wollte. Aber die Gegenwart von Mr. Bundy änderte all das. Die Lage wurde uns erklärt und nach vielen Verhandlungen musste ich eine Pfändung über $ 28,000 unterschreiben, die sich die Regierung innerhalb von drei Jahren aus meinem Gehalt wiederholen würde. Unsere Steuererklärungen waren jahrelang nicht nur falsch gewesen, sondern, da sie überhaupt nicht eingeschickt worden waren, mussten wir hohe Strafsummen zahlen. Mr. Bundy, der mich noch später mit Rat und Tat unterstützt hat, riet mir meine Koffer zu packen und meinen Mann zu verlassen. Hätte ich doch nur damals auf ihn gehört, aber die Probleme verstärkten meinen Instinkt, meinen Mann beschützen zu wollen.

Kaum hatte ich diesen Kompromiss mit dem Finanzamt geschlossen, ging es José besser. Es ging ihm so gut, dass er eines Tages einfach weg war. Ich fand nur eine Notiz: „Bin auf dem Weg nach Europa. Bis bald." Der Boden versank mir unter den Füßen: Wie konnte er allein zurechtkommen und wie würde er das finanzieren? Die Antwort war schnell gefunden: Er hatte mein Konto abgeräumt. Es war das erste Mal, dass er meine Unterschrift fälschte und Geld von meinem Konto abhob. Er blieb sechs Wochen weg. Ich bekam Postkarten aus Wien, Genf und Brüssel. Irgendwie habe ich es geschafft, so zu tun, als sei nichts passiert. Ich konnte ja auch nichts machen: Die Hälfte meines Gehalts war gepfändet. Wo sollte ich mit den Kindern hin? Ich ging einfach jeden Tag zur Arbeit und wartete nur darauf, dass er zurückkam.

Eines Tages war er dann wieder da. Ich wusste nicht, ob ich lachen oder weinen sollte. Es ging ihm total gut – er war wie ausgewechselt. Noch immer hatte ich keine Ahnung davon, dass er jetzt auf einem manischen Hoch war. Die Ärzte hatten nichts von manischer Depression gesagt. Er war im Sommer zusammengebrochen wegen des unerträglichen Stresses. Jetzt ging er mit vollem Elan an die Arbeit, unterrichtete, las und schrieb wie ein Besessener.

Es verging ein gutes Jahr, bevor die nächste Depression einsetzte. Später wechselten Hochs und Tiefs viel schneller und viel intensiver. Wenn es ihm gut ging, lief unser Leben fantastisch. Wir verbrachten viel Zeit miteinander und hatten immer viele Leute um uns herum. José war ein glänzender Gastgeber, der alle in seinen Bann zog. Er ging immer öfter zu Studentenpartys, Jazzabenden und Konzerten. Oft konnte ich gar nicht mitgehen, weil ich morgens früh aufstehen musste und jeden Tag fünf Stunden unterrichtete. José hingegen hatte ein Seminar pro Semester zu unterrichten und das fand normalerweise irgendwann am Nachmittag statt. Er überhäufte mich mit Aufmerksamkeiten, brachte mir oft Lunch in die Schule, wo er sämtliche Sekretärinnen bezauberte. Alle sprachen von meinem charmanten, aufmerksamen Mann und wünschten, ihre Männer würden sich so um sie kümmern.

Erst viel später fand ich heraus, dass er die ganze Zeit Liebschaften hatte; um sein Gewissen zu erleichtern, „verwöhnte" er mich öffentlich. Die erste Affäre, von der ich wusste, war die mit einer Frau aus unserer Nachbarschaft. Ich war in Deutschland, bei meinem zweiten Austausch. José war allein zu Haus und unsere Nachbarin auch. Sie war an dem Professor interessiert und kam zu jeder Tag- und Nachtzeit rüber. Das erzählte mir Josés Freund und Kollege, der das eigenartig fand. Wochen später fiel mir auf, dass José oft extrem spät zur Bibliothek fahren musste. Auf meine Fragen reagierte er aggressiv, provozierte eine Auseinandersetzung, die ihm einen Grund gab, das Haus zu verlassen. Dieses Muster gab es nun häufiger. Ich wusste, dass etwas nicht richtig war, nur wollte ich ihm nicht nachspionieren und, um ehrlich zu sein, zu dem Zeitpunkt war es mir auch egal.

José hatte für das Jahresende noch eine Vorlesungsreise nach Venezuela geplant, die er auch durchführte. Die Kinder und ich waren allein und nichts war, wie wir es uns gewünscht hätten. Ich war todunglücklich und wünschte mir so sehr, dass ich mich endlich von ihm trennen könnte, denn diese Berg- und Talfahrten waren unerträglich geworden. Das Schlimmste für mich waren die ständigen Lügen, die er immer wieder auftischte und auf die ich mich wie ein Idiot immer wieder einließ. Als er zurückkam, ging er gleich in die Universität. Sein Koffer stand im Büro. Ich öffnete ihn, um seine Sachen aufzuhängen und die Wäsche wegzutun, als ich auf ein paar Postkarten unserer Nachbarin Judy stieß. Die beiden hatten seit geraumer Zeit ein Verhältnis und sie freute sich auf eine Zukunft mit meinem Mann. Ich stopfte alle Sachen zurück in den Koffer und stellte ihn vor die Tür. Dann rief ich bei der Dienststelle an, wo meine Nachbarin arbeitete. Ich erklärte der Sekretärin, wer ich sei und warum ich anrief. Dann bat ich sie, diese Geschichte im Büro weiterzuerzählen und die folgende Nachricht vor Judys Schreibtisch laut vorzulesen: „Die Frau des Spanischprofessors, mit dem Sie schlafen, lässt ausrichten, dass alle Privatklassen mit ihrem Mann hiermit abgesagt sind." Ich wusste, dass Judy nicht beliebt war bei ihren Kollegen, und dieser Klatsch hätte sie fast ihren Job gekostet. Wir lebten ja alle umgeben von „strengen" Bapitisten, die u. a. Ehebruch strikt ablehnten. Sie musste sich beurlauben lassen und machte von jetzt an einen großen Bogen um unser Haus.

Als José nach Haus kam, fand er den Koffer vor der Tür. Ich sagte ihm, dass ich von seiner Beziehung zu Judy wüsste und dass ich ihn nicht mehr sehen wollte. Er solle sich eine andere Bleibe suchen. Zunächst ging er wirklich, kam dann zutiefst erschüttert zurück, beteuerte seine Unschuld, er hätte kein Verhältnis gehabt und wüsste jetzt gar nicht, was er ohne mich machen sollte.

Während ich diese Zeilen schreibe, könnte ich mich noch jetzt ohrfeigen, aber ich ließ ihn zurückkommen. Eine Frau, die in einer schlechten Beziehung lebt, will das im Grunde nicht wahrhaben. Sie tut so, als ob alles normal wäre. Sie redet sich ein, dass sie allein gar nicht zurechtkommen würde. Alles, was sie hören will, ist, dass sie geliebt wird, dass sie seine Traumfrau ist. Als Opfer ist man dankbar, wenn alles zum Alten zurückkehrt. Jeder Neubeginn ist perfekt: Die Welt scheint dieses Mal wirklich heil zu sein. All das, was geschehen war, war nur eine unglückliche Fügung und am Ende zählt doch nur das Paar. Ich glaube, viele Frauen, die in so einer Situation sind, können das nachvollziehen.

Heute ist es mir unmöglich zu verstehen, was damals durch meinen Kopf ging. Ich habe solche Episoden dann noch öfter erlebt, aber wie mit allen anderen Dingen im Leben: Mit jedem Erlebnis bin ich immer mehr abgestumpft, baute eine Schutzwand um mich, um nicht verletzt zu werden. Ich lebte nicht gerade wie ein Mauerblümchen, hatte meinen eigenen Freundeskreis, zu dem auch eine ehemalige Geliebte meines Mannes zählte. Carmen, ihr Mann und ich wurden richtig gute Freunde, die viel Zeit miteinander verbrachten. José blieb in der Peripherie. Und so langsam begann der Prozess des Loslösens, der viele Jahre dauerte, denn oft versank José wieder in ein tiefes Loch der Depression. Dann saß er wochenlang wie gelähmt zu Hause und starrte vor sich hin. Ich bekniete ihn, zu einem Arzt zu gehen, denn er brauchte dringend Antidepressiva – es war nichts zu machen. Als er irgendwann mal nachgab und seine Medizin regelmäßig nahm, ging es ihm nach fast zwei Monaten wieder besser und das nächste Hoch begann. Natürlich nahm er dann seine Tabletten nicht mehr, denn er war ja ein starker Mann, der so was nicht braucht. Er verstand und akzeptierte nie die Notwendigkeit dieser Pillen und so wiederholte sich der Kreis immer wieder, jedes Mal fataler als zuvor.

Bei einem Besuch in Chile war einmal ein Wahrsager im Haus von Josés Schwägerin. Sie bestand darauf, dass er sich auch unsere Hände ansehen sollte. Wir beide waren nicht begeistert davon, denn dieser Mensch hatte eine ganz eigenartige Ausstrahlung. Es waren seine stechend blauen Augen, die einen beunruhigten. Er sah sich Josés Hand zuerst an, sagte nichts und nahm dann meine.

„José wird sicherlich irgendeinen Preis bekommen, richtig?", sagte ich.

„Sie werden erfolgreicher sein. José wird große Probleme mit jemandem haben, der ihm nahesteht, und später ein ganz trauriges Leben führen", antwortete er und wollte dann nichts mehr sagen. Später überlegten wir, wer José denn Schwierigkeiten bereiten könnte und kamen nur auf einen Kollegen, der immer in seinem Schatten stand und der gern den Ruf gehabt hätte, den José als Kritiker genoss. Jahre später kam es genau so, wie dieser Mann uns vorhergesagt hatte. Ein jüngerer Kollege, Frank, der sich mit Publikationen sehr schwertat, jedoch ein ausgezeichneter Sprachlehrer war, hatte sich um „tenure" (Verbeamtung auf Widerruf oder Festanstellung) beworben und war durchgefallen. Der Kandidat kann sich in dem Fall im kommenden Jahr noch einmal präsentieren und seine Bewerbungsunterlagen nachbessern. Er könnte also publizieren, um sich zu qualifizieren, und/oder die Unterstützung von möglichst vielen Kollegen anderer Fakultäten bekommen. Dabei können Professoren, die schon die tenure haben, behilflich sein, indem sie für diesen Kandidaten werben. José war gerade wieder auf einem Hoch und legte sich ordentlich ins Zeug für Frank. Er ging von einer Fakultät zur anderen und warb für diese Kandidatur, weil er Frank für einen fähigen Spanischlehrer hielt.

In der Spanischabteilung war die Frau eines Physikers als Lektorin beschäftigt; insgeheim wollte sie selbst die Stelle von Frank haben. Als José sie darum bat, ein gutes Wort für Frank einzulegen, weigerte sie sich. Daraufhin beschimpfte José sie als katholische Hexe. Jetzt begann eine Schlammschlacht, die vor Gericht geendet hätte, wenn José nicht in Pension gegangen wäre. Ich habe nie gewusst, was für eine Beziehung zwischen dieser Frau und meinem Mann bestand. Ich wusste nur, dass sie ihn bis zu einem bestimmten Zeitpunkt geradezu vergöttert hatte. Sie belegte viele Kurse bei ihm und schien große Ambitionen zu haben. Sie versuchte auch mich in diese Schlacht zu ziehen und verfolgte mich bis in meine Schule.

Die Prophezeiung war also wahr geworden. Ich rätsele heute noch an den Worten herum, dass ich die Erfolgreichere sein würde. Was ist Erfolg? Irgendwann werde ich es wissen.

Von da an lebte José nur noch in Luftschlössern. Er behauptete, semesterweise hier und da zu unterrichten, was für mich normal war. Er verschwand regelmäßig nach North Carolina, Virginia und Georgia und ich war immer der Annahme, dass er dort Gastvorlesungen hielt. Finanziell ging es uns gut (die Steuerschuld war abbezahlt), nachdem ich die letzte Summe an seinen Anwalt überwiesen hatte, die die Kosten der außergerichtlichen Einigung mit dieser Frau deckten.

José war irgendwo im Ausland, als ich den Anruf erhielt, dass ich eine bestimmte Summe sofort überweisen müsse oder man meinen Mann bei der Ankunft im Flughafen verhaften würde. Ich zahlte, wie immer. In der Zwischenzeit war mein Gehalt so gut, dass ich die Hälfte davon immer beiseitelegen konnte; das war auch gut so, denn José hatte die Angewohnheit, viel auszugeben. Er bekam seine (gute) Pension plus Social Security und hätte damit eigentlich gut auskommen sollen. Unsere Finanzen waren seit/nach der Steuerpfändung getrennt, was nicht viel bedeutete, denn immer wieder fälschte er meine Unterschrift und hob große Summen von meinem Konto ab. Nicht einmal hat er zugeben können, dass er mich regelmäßig betrog. Selbst wenn die Beweise vor ihm auf dem Tisch lagen, hat er alles geleugnet.

Warum habe ich das alles ertragen? Weil er der Schwächere war, das verlorene Schaf, der Haltlose, dessen Leben von dieser schrecklichen Depression gelenkt wurde; ich sah es als meine Pflicht an, meinen Mann zu beschützen: For better or for worse. Well, in unserem Fall war es meistens for worse.

Ich spüre es, du wirst unruhig. Du willst geboren werden. Du drehst und wendest dich in einem wunderbar weichen, warmen, sicheren Raum. Er wird dir langsam zu eng und bald musst du dich entscheiden, ob du diesen schweren Weg ins Leben wagst. Du musst dich durchkämpfen, dein Körper wird sich durch einen engen Tunnel zwängen müssen. Es wird Sekunden geben, die dir wie eine Ewigkeit erscheinen, wo du nicht weißt, ob du es schaffst. Deine Mutter wird dir helfen und alles wird gut, lieber Simón, denn sie will dich in ihre Arme schließen, dich lieben und für dich sorgen. Alles wird gut.

Eine ungewöhnliche Familie

In all dem Chaos wuchsen meine Kinder auf. Das hört sich schlimmer an, als es war. Solange sie klein waren, bekamen Scott und Nicole kaum etwas mit von all den Problemen. Sie fanden in José einen liebevollen, fantasiereichen Stiefvater, der sich manchmal um sie kümmerte. Ich war ja immer da für sie. Unsere Stundenpläne waren identisch: Wir verließen das Haus zur gleichen Zeit und kamen auch zusammen von der Schule zurück. Selbst, als ich noch als Lektorin rumreiste, war ich immer rechtzeitig zu Hause. Die einzige Ausnahme war das Jahr, wo ich in der Fernsehstation arbeitete. Da war José für sie zuständig. Das war noch vor seinen Depressionsschüben.

Die Kinder waren fünf und sieben Jahre alt, als sie in den Süden zogen. Sie fanden sich schnell zurecht in Columbia, hatten sofort neue Freunde und gewöhnten sich auch gut an die Schulen. Beide haben nie den sogenannten „southern accent" angenommen, waren deshalb jedoch keine Außenseiter. Bei Kindern ist das Gott sei Dank anders. Während ich immer schief angeguckt wurde und man meinen „charmanten" Akzent erwähnte, waren die Kinder einfach andere Amerikaner. Als wir nach Columbia zogen, mieteten wir ein kleines Haus in einer universitätsnahen Nachbarschaft. Kollegen von José hatten versucht, uns in die gerade populären Außenbezirke (suburbs) zu locken. Die Schulen waren gut und es sah so aus, als ob man nicht in Columbia wohnte. Doch wir lehnten diese Siedlungen ab. Sie waren von den charakteristischen Mischwäldern lediglich umgeben, denn man hatte das ganze Bauland erbarmungslos abgeholzt, keinen Baum auf den Grundstücken stehen lassen – totaler Kahlschlag. Die Häuser waren „typisch amerikanisch": Eine englische Tudorvilla neben einem Schweizer Chalet, das neben einem Antebellum-Haus mit imposanten Säulen. Daneben ein Bungalow, ein englisches Landhaus, eine spanisch anmutende Architektur, ein Flachdachhaus, ein glitzernder Glaskasten; sogar eine Art Schwarzwaldhaus gab es. Aber meistens sah man typische Vier-Zimmer-Häuser, mit einer porch (Veranda) samt Schaukelstühlen vor der Eingangstür. Unsere Nachbarschaft war voller Bäume, unter denen die Häuser sich versteckten. Im Süden braucht man diesen Sonnenschutz, er macht das Leben einfach angenehmer. Es war keine Wohngegend, deren Grundstückspreise unerschwinglich waren. Wir wollten einfach erst die Stadt kennenlernen und uns dann entscheiden, wo wir wohnen wollten. Der Stadtteil hieß „Forest Acres" und war genau das: ein Wald, in dem Häuser standen. Es gab keine große architektonische Vielfalt: Backsteinhäuser, die meisten mit einer porch, dazwischen die typischen einstöckigen Häuser mit unförmigen säulenartigen Konstruktionen. Aber es gab Bäume, überwiegend pine trees (Fichten), die die Sonne abschirmten. Erst später fiel uns auf, dass fast nur (weiße) Rentner in dieser Nachbarschaft wohnten. Wir hatten Glück, in unserer Straße wohnten ein Junge und ein Mädchen, mit denen Scott und Nicole spielen konnten. Durch diese Kontakte wussten wir, dass wir in einer „lower middle class neighborhood" lebten. Wir hatten überhaupt keine Gelegenheit, mit den Nachbarn zu sprechen, außer wenn es sich um unsere Kinder handelte. Wir ließen beiden viel Freiheit: Sie durften bei den Nachbarn übernachten oder die Freunde kamen mit uns, wenn wir an den Wochenenden Ausflüge machten. Scott wurde sogar nach Daytona Beach mitgenommen zum Nascar Race, wo er mit typischen „Southernern" ein langes Wochenende verbrachte. Er war damals acht Jahre alt.

Scott, wie schon erwähnt, besuchte, was man eine Slumschule nannte. Er hatte kaum Schulfreunde, wurde nicht eingeladen und brachte auch kaum jemanden mit zu uns. Er ging eigentlich gern zur Schule. Er hatte ja schon in Ann Arbor die Nachbarschaftsgrundschule besucht, wo er nur positive Erfahrungen gesammelt hatte. Das einzige Problem, das ich je mit ihm hatte, war, dass er wochenlang als Tiger verkleidet in die Schule ging. Ich hatte ihm für Halloween ein Tigerkostüm genäht, in das er sich einfach verliebt hatte. Besonders der lange, wippende Schwanz hatte es ihm angetan. Als schließlich eine Lehrerin anrief und darum bat, dass er doch bitte wieder in normaler Kleidung zur Schule kommen solle, musste ich anfänglich mit ihm den Kompromiss aushandeln, dass er den abgetrennten Tigerschwanz hinten in seine Jeans steckte.

Nicole besuchte einen privaten Kindergarten. Alle Lehrer haben sie immer geliebt, denn sie war ein sehr kreatives, verbal starkes Kind mit einer hohen Aufnahmefähigkeit. Sie hatte legasthenische Anwandlungen, die sich in ihrer äußerst kreativen Art und Weise, Englisch zu schreiben, bemerkbar machten.

Ich glaube, José war nicht allzu begeistert davon, dass meine Kinder nach drei Monaten zu uns zogen. Er wusste jedoch, dass ich ohne sie nicht zu ihm gekommen wäre. John und ich beschlossen, dass die beiden jeden Sommer mit ihm verbringen würden, was auch gut für uns war, denn im Sommer unterrichteten wir immer in der summer school.

Ich war auf mich allein gestellt, wenn es um meine Kinder ging. José beschäftigte sich selten mit ihnen, solange sie noch so jung waren. Ich glaube, er hat sich auch nie viel um seine eigenen Kinder gekümmert, denn dafür war ja die Mutter da. Vielleicht hat er auch ein schlechtes Gewissen gehabt, dass er nun mehr

Zeit mit meinen Kindern verbrachte, als er es je mit seinen eigenen getan hatte.

Aber am Anfang unserer Beziehung passte alles: Wir lebten wie eine kleine Familie zusammen und waren für die Nachbarn auch nicht auffällig. Unsere Vermieterin, die im Haus nebenan wohnte, kam uns manchmal besuchen. Für sie waren wir exotisch. Sie versuchte uns einzuweihen, indem sie uns oft mit typischen Gerichten bedachte wie Barbecue, catfish mit hushpuppies oder cornbread. Die Kinder nahmen alles begeistert auf, während José diese Kost ablehnte. Als die Probleme mit seiner Scheidung begannen, wurde die häusliche Atmosphäre immer angespannter. Ich hatte immer versucht, den Kindern ein normales Zuhause zu geben, weiß jedoch, dass sie alles gespürt haben. Wir wohnten nur ein Jahr in Forest Acres und fanden dann unser neues Haus in einem besseren Stadtteil. Dort gab es einige Familien mit Kindern, mit denen sie sich dann auch anfreundeten. Scott fand sofort eine Gruppe gleichaltriger Jungen und Nicole befreundete sich mit einer kleinen U.S.-Brasilianerin. Sie war inzwischen eingeschult und brachte laufend neue Freundinnen mit. Scott wurde Pfadfinder und Nicole ging zum Turnen.

Dann kam der Tag, an dem Scott nach Hause kam und mir sagte, dass er Football spielen wollte. Ich war total dagegen. Scott war nicht groß, und ich wollte einfach nicht, dass er diesen gefährlichen Sport machte. Ich versuchte, ihn für Baseball zu interessieren oder für „unseren Fußball", Soccer. Mit seiner Körpergröße hätte er es auch kaum ins Team geschafft und ich wollte ihm ersparen, immer nur auf der Bank zu sitzen und zuzusehen. Als er seinem Sportlehrer sagte, dass ich meine Einwilligung dazu nicht gebe, sagte der ihm: „Deine Eltern sind Ausländer und wissen nicht, wie wichtig Football ist." Das war das einzige Mal, dass ich zur Schule gegangen bin, um mit Lehrern zu reden. Man versuchte mich davon zu überzeugen, dass Football sozialisiert. Ich wollte den Kollegen erklären, dass ich diese Art Sozialisierung ablehnte. Scott war am Ende übrigens froh, dass ich ihm diese Entscheidung abgenommen habe, denn es wäre kein Sport für ihn gewesen. Er begann mit zwölf, sich für asiatische Kampfsportarten zu interessieren, und ist auch heute nicht nur aktiv in Baguazhang, einer chinesischen Kampfsportart, sondern unterrichtet (als Hobby) diesen Sport in seinem eigenen Studio.

Unser Haus war immer eine Art Mittelpunkt für die Freunde unserer Kinder. Sie kamen gerne zu uns, auch darum, weil bei uns oft irgendetwas Außergewöhnliches los war. Nirgendwo anders gab es einen Weihnachtsbaum mit richtigen Kerzen oder Geburtstagsfeiern, zu denen man beispielsweise als Adjektiv verkleidet kommen musste. Ich versuchte auch, einen Beethovenklub zu gründen und den Kindern klassische Musik näherzubringen, was jedoch keine Interessenten fand. Meine Nachbarn waren schon daran gewöhnt, jeden Sonnabend die Matinee der Metropolitan Opera in New York mitzuhören, denn ich genoss die Übertragungen in der Hängematte liegend in meinem Garten. Wenn es nicht zu heiß draußen war, versteckte ich mich „oben ohne" auf meinem Sonnendeck, was in den Staaten total illegal war. Die Nachbarn hätten mich anzeigen können (wegen „indecent exposure").

Ich habe mich oft gefragt, wie meine Kinder das Umfeld, in dem sie aufgewachsen sind, verkraftet haben. Ich wollte sie einfach nicht noch mehr belasten, indem ich sie über Josés Aktivitäten aufklärte. Manchmal ist es besser, wenn man die volle Wahrheit nicht weiß. Zum Glück lebten sie nicht mehr bei uns, als Josés Stimmungsschwankungen immer häufiger auftraten. Sie haben nur die Anfänge seines manisch-depressiven Verhaltens mitbekommen. Viel später fand ich heraus, dass José sogar meine

Kinder um Geld betrogen hatte. Als ich sie fragte, warum sie mir nie davon erzählt hatten, sagten sie mir, dass sie mich nicht hätten belasten wollen. Sie wussten, mit wem sie es zu tun hatten, und trotzdem haben sie sich bis zu Josés Lebensende nicht von ihm abgewandt.

Manche Erinnerungen, lieber Simón, sind gar keine. Es sind von uns arrangierte Erzählungen, die unser Leben so darstellen, wie wir selber es uns denken. Nicht, dass es Unwahrheiten sind, aber sie wachsen über das Erlebte hinaus. Diese Art Selbstdarstellung ist legitim, denke ich, denn sie will uns beschützen. Unser Gedächtnis wird besonders lückenhaft, wenn wir über Lebensabschnitte nachdenken, auf die wir nicht besonders stolz sind. So werden Memoiren eine Art Legitimierung, zumindest Verständlichmachung unseres Handelns und Nichthandelns, unserer Entscheidungen, unserer Kapitulationen. Wir versuchen, den roten Faden in unserem Leben zu entdecken, der uns auch den Weg nach vorne zeigen kann.

Der Fall der Mauer

Nicht nur in Berlin lag im Sommer 1989 etwas in der Luft. Überall wurden Fesseln gesprengt, es war nur eine Frage der Zeit. Ich hatte mich 1987 schon um ein Fulbright Stipendium bewerben wollen – als Lehrerin konnte man ein Fulbright bekommen, um einfach ein Jahr woanders zu unterrichten. (Ich schickte am Ende die vollständigen Unterlagen samt allen Empfehlungen doch nicht ab; ich hätte das Stipendium bekommen, aber ich war noch nicht mutig genug, um mich von meinem Mann und den Staaten zu lösen.) Die Saat war gesät, in mir keimte der Drang, mich von José zu lösen und einfach unsichtbar zu werden.

Im Juli besuchte ich Berlin-Ost mit einer Gruppe von amerikanischen Austauschschülern. Wie immer hatten wir das volle Programm des Bundesgrenzschutzes mitgemacht, wobei die deutsch-deutsche Grenze in allen Einzelheiten erklärt wurde. Einmal „drüben", hatten die Schüler dann ein paar Stunden für sich, was immer sehr eindrucksvoll war. Ich nutzte die Zeit, um das Lokal „Zur letzten Instanz" zu besuchen, in dem Heinrich Zille Stammgast gewesen war. Dieses Mal hatte ich eine amerikanische Kollegin mitgenommen und einen ehemaligen Schüler, der dann für die Nato in Brüssel arbeitete. Auf dem Weg ins Lokal bekam ich eine Verwarnung, weil ich die Straße nicht ordnungsgemäß überquert hätte. Wir hatten uns kaum an einen Tisch gesetzt, als zwei Männer sich zu uns gesellten. Ich wusste nicht, dass das riesige Gebäude auf der anderen Straßenseite die Stasi-Zentrale war. Die beiden Herren verwickelten mich in ein Gespräch, das darauf hinauslief, dass der Westen die DDR unfair behandele und dass niemand die Mauer gut finde. An den Nachbartischen gab es viele verwunderte Blicke. Erst später verstand ich, dass man die Leute wohl so auf eine Änderung des Status quo vorbereiten wollte. Ich kann mir nicht vorstellen, dass ich die einzige „Ausländerin" war, die man in dem Sommer angesprochen hat.

Für mich war die Öffnung der Grenze deshalb ein „Ach so!"-Gefühl. Als die Berliner Mauer geöffnet wurde, flog ich schnell nach Berlin, um dabei zu sein. Ich werde nie das Geräusch der „Mauerspechte" vergessen, die die Mauer sukzessive abtrugen; es war wie ein metallener Herzschlag.

Die Wende war ein gewaltiges Ereignis, und ich wollte eine solche nun auch für mein Leben. Life is change!

Meine Kinder waren in der Zwischenzeit mit der Schule fertig. Scott musste „ins Exil" nach Michigan, denn sein Umfeld in Columbia hätte ihn auf falsche Bahnen gebracht. Sein Vater und ich entschieden, dass er South Carolina verlassen musste, denn unserer Meinung nach hatte er die Übersicht verloren. Als Erwachsener ist er uns heute dankbar für diese Entscheidung. Nicole hatte die High School ein Jahr früher abgeschlossen und ein Stipendium erhalten; sie begann die Uni mit dem zweiten Studienjahr, da einige Leistungskurse der High School von der Universität anerkannt wurden – ein A. P. (advanced placement). Sie bewarb sich für zwei Semester im Ausland (im Rahmen ihres Stipendiums) und entschied sich für die Thammasat University in Bangkok und The University of the South Pacific in Suva auf den Fiji Inseln.

An dem Tag, an dem meine Tochter unser Haus verließ, um nach Asien zu gehen, begann sozusagen die Wende bei mir. Ich fühlte mich total allein gelassen. Beide Kinderzimmer waren so aufgeräumt und leer. Mehrmals täglich ging ich durch die Räume und wurde melancholisch. Mein Leben als Hausfrau war über

Nacht neu definiert: Ich brauchte nicht mehr Stunden in der Küche zu verbringen. José aß oft außerhalb oder bereitete sich selbst etwas zu. Nach der Arbeit verschwand ich regelmäßig in den Fitnessclub, wo ich mich bis zur totalen Erschöpfung austobte. Abends verzog ich mich in mein Büro oder ging gleich in mein Schlafzimmer (ich hatte José inzwischen ausquartiert). Wir lebten nebeneinander her, oft sahen wir uns wochenlang nicht und meistens hatten wir uns nichts zu sagen. Ich hätte damals schon meine Sachen packen sollen, was mich davon abhielt war die Angst, finanziell nicht überleben zu können. Es hat lange gedauert zu erkennen, dass das meine ureigene zentrale Angst ist. Woher kam die?

Mein Vater war in seiner Jugend noch in den Genuss der großen Welt gekommen, bevor ihm der Krieg jegliche Möglichkeit der Fortsetzung dieser Lebensweise nahm. Nach 1945 fand er sich, verheiratet mit meiner hübschen, relativ ungebildeten Mutter, in Westdeutschland wieder, auf 15 Quadratmetern in einer Notunterkunft in einer kleinen Provinzstadt, wie Millionen andere Menschen auch. Während die anderen sich daran machten, ihre Existenzen wieder zu beleben, wartete mein Vater darauf, dass ein Deus ex Machina erscheinen und ihn ins Paradies führen würde. Auf jeden Fall dachte er anfänglich überhaupt nicht daran, etwas für den Unterhalt seiner Familie zu tun. Meine Eltern lebten vom Schwarzmarkt, wo getauscht wurde. Mein Vater tauschte alles, was nicht angenagelt war. Als ich geboren wurde (kein Wunschkind, denn zur Zeit meiner Geburt hatte mein Vater ein Verhältnis, was in meiner Familie auch danach auf beiden Seiten öfters vorkam – wie übrigens auch in vielen anderen Familien zu der Zeit), musste er schließlich arbeiten. Statt zu studieren, entschloss er sich, als Angestellter zu arbeiten, was ihn kaputt machte. Er verlor sein Selbstwertgefühl total und kompensierte das durch Einkäufe. Er begann Schulden zu machen, die er meiner Mutter vererbte, als er aus heiterem Himmel starb.

Unser Leben war eine eigenartige Mischung aus höchsten Ansprüchen, die einer alten Familientradition entstammten, der wir immer nachkommen mussten, auch bei konstanter finanzieller Ebbe. Meine Eltern hatten eine unglückliche Ehe, unter der wir Kinder sehr gelitten hätten, wären wir nicht laufend draußen gewesen, vor der Tür, auf der Straße mit unseren Freunden. Ich habe überhaupt viel Zeit bei Freunden verbracht, besonders an Wochenenden.

Aus der Situation, in der meine Eltern lebten (und zwar durch die ungezügelte Art meines Vaters, der keinerlei Realitätsbezug hatte, was seine Finanzen anging) leitet sich meine Angst vor finanziellem Missstand her. Und ist es nicht komisch, dass die Männer, die mich faszinieren, immer diese Veranlagung haben? Diese unerwünschte Eigenschaft entpuppt sich immer wieder, und jedes Mal bin ich geschockt.

Mit der Wende kam endlich auch die Gelegenheit, nach Ostdeutschland zu fahren (nicht nur für einen Tagesausflug). Ich wurde gefragt, ob ich an einem Treffen mit Lehrern aus der DDR teilnehmen wollte (in Ostberlin), und ich machte mich als Amerikanerin auf den Weg dorthin. Mir wurde eine Mathelehrerin aus Chemnitz zugeteilt, mit der mich einige Jahre Freundschaft verbinden sollten. Dieses Treffen vermittelte mir zwei tiefe Eindrücke über die DDR. Nach interessanten Vorträgen wurde uns angeboten, Schulvisiten zu machen. Ich entschloss mich für die Herder-Schule, die eine elitäre Einrichtung gewesen sein sollte. Mit der Adresse in der Hand stand ich in jener Straße, wo die Schule hätte sein sollen – aber ich befand mich in einem Wohnviertel. Ich fragte eine Dame, die gerade aus ihrer Wohnung kam, nach der Schule. Sie sagte, dass ich mich irren müsste, hier gebe es keine Schule. Ich zeigte ihr die Adresse und sie identifizierte das Gebäude auf der anderen Straßenseite. Das war die Herder-Schule, versteckt als Wohnhaus in einem Wohnviertel, sodass nicht einmal die Anlieger davon wussten.

Es war Juli 1990, die Schule lief noch wie gehabt. Man hatte mich erwartet und führte mich in eine elfte Klasse. Der Lehrer war leider verhindert, aber die Schüler hatten Anweisungen bekommen, über den Kolonialismus in den amerikanischen Südstaaten vor dem Bürgerkrieg zu diskutieren. Ein Schüler schaltete das Tonbandgerät ein und los ging die Diskussion. Ich beobachtete und hörte aufmerksam zu. Ich war beeindruckt von der Intelligenz und der Disziplin, mit der diese jungen Leute das Thema angingen und besprachen. Irgendwann fand ich einen Punkt, wo auch ich einen Kommentar abgeben konnte. Langsam begannen die Schüler auf mich einzugehen. Was mich am meisten beeindruckte, war der überwiegende Wunsch, auszuwandern. Keiner sah eine Perspektive für sich in einem vereinten Deutschland und keiner glaubte an ein gutes Ende. Die meisten waren an Australien interessiert, weil es für sie politisch unbelastet war. Das war kein Klassenfeind, sondern ein exotischer Zufluchtsort. Deutschland war für sie ein totes Land. Das war der erste Eindruck.

Den zweiten bekam ich durch eine Wohnung vermittelt, die ich für einige Tage von einem Regierungsmitglied gemietet hatte. Dieser Mann war aus dem Kulturbereich, irgendein hoher Genosse, der an diesem Treffen mit teilnahm. Er bot mir diese Wohnung an, als er hörte, dass ich noch länger in Berlin bleiben wollte. Der Wohnkomplex lag am Alexanderplatz. Hier hatten hohe Staatsdiener und Ausländer mit Verbindungen ihre Berlinzuflucht. Von außen sah das Gebäude wie ein kompakter, gepflegter Plattenbau aus. Von innen hatte ich das Gefühl, in einem Gefängnis zu sein: lange, graue Betongänge, getaucht in Neonlicht, mit unzähligen kleinen Türen. Die Wohnung, die mir als sehr komfortabel angepriesen wurde, bestand aus einem kleinen Gang, hinter einem Vorhang eine Miniküche, groß genug für eine (dünne) Person: Kochstelle, Wandschrank, Minitisch, Spüle, daneben ein winziges Bad, bestehend aus Klo und Dusche. Der Gang führte in ein Wohnzimmer mit einem Fenster, durch das man auf den Alex sah. Im Wohnzimmer gab es ein Sofa (das man ausziehen konnte), einen Tisch und zwei Sessel. Auf einem Regal stand ein Fernseher aus der Gründerzeit. Wenn man das Sofa zum Schlafen auszog, war das Wohnzimmer voll. Man musste über die Sessel auf den Gang kriechen. Der Mann sagte mir, ich solle 20 DM pro Nacht auf dem Tisch lassen. Verlegen fügte er hinzu, jedes bisschen würde helfen, denn er würde jetzt seine Stelle verlieren.

Diese Wohnung hatte ihm als Privilegiertem über Jahre hinweg ermöglicht, in Berlin-Ost das Leben zu genießen. Er hatte die Möglichkeit, dort Ausländer zu treffen, essen zu gehen und alle Vorzüge der Hauptstadt mitzunehmen. Diese Wohnung war nicht nur Luxus, sondern bedeutete auch ein bisschen Unabhängigkeit. Für mich war sie nur Ausdruck einer Misere: ein ungemütlicher, zusammengeflickter, unästhetischer Raum, der grau in grau mit sichtbaren Kabeln und entsetzlichen Möbeln einem ein ungutes Gefühl vermittelte. Diese Wohnung war für diesen Mann ein Überbleibsel „aus der guten Zeit".

Zurück zu meiner Kollegin aus Chemnitz: Sie kam zwei Monate später mit anderen Damen nach New York, wo das Goethe Institut ein Treffen mit amerikanischen Lehrern organisiert hatte, die die ostdeutschen Lehrerinnen anschließend mitnehmen würden. Ich war schon früh in New York angekommen und ging auch gleich ins Goethe Institut, wo die Leiterin in der AATG (Association of American Teachers of German, der Verband deutscher Lehrer) gerade einen Vortrag hielt. Diese Dame erzählte Geschichten aus dem amerikanischen Wunderland, wo alle gleiche Chancen hätten und jede Person, die hart arbeitete, das erreichen würde, was sie anstrebe. Als man Fragen stellen durfte, konnte ich es nicht unterlassen, einige der sogenannten Fakten zu korrigieren. Betroffenheit bei der Dame von der AATG und große Erleichterung unter den ostdeutschen Damen, denn endlich gab es mal etwas zu bemeckern und zu kritisieren.

Dann meldete sich der damalige (deutsche) Leiter des Goethe Instituts zu Wort. Er fragte, warum Deutsche immer so rechthaberisch sein müssten, und ob es nicht besser wäre, die Dinge optimistisch zu betrachten, anstatt sie immer nur zu kritisieren? Das sei im Übrigen der wesentliche Unterschied zwischen der deutschen und der amerikanischen Weise, das Leben anzugehen. Ich habe diese kleine Lehre verstanden und versuche sie für den Rest meines Lebens anzuwenden.

So begann ein regelmäßiger Austausch zwischen meiner Schule in South Carolina und den verschiedenen Schulen, an denen meine Chemnitzer Kollegin arbeitete. Diese Ausflüge nach Sachsen haben letztendlich die Mauer in mir zum Bröckeln gebracht. Das Erlebnis Sachsen, mit all seinen Menschen, die mir begegnet sind, war besonders. Interessant war, dass ich niemanden habe finden können unter all den Kollegen an diversen Schulen, der während seiner DDR-Dienstjahre je in der Partei war, genauso wie es nie Leute gegeben hat, die je in der NSDAP waren. Mein Leben lang habe ich versucht jemanden zu finden, der mir erklärt, warum er da eingetreten ist, aber das wird wohl nie passieren. Was ich jedoch gefunden habe, hat mir Lust auf Deutschland gemacht. Zugegeben, die meisten waren ja sehr pessimistisch, aber ich fand die Menschen selbst irgendwie toll, ja selbst die Aussprache empfand ich nicht als Kakofonie. Der Freistaat selbst ist wunderschön und kulturell sehr interessant, besonders die Zentren Leipzig, Dresden und ja, auch Chemnitz. Zugegeben, das Beste an Chemnitz ist wohl seine Lage und sein Hinterland, denn die Stadt selbst wurde im Krieg total zerstört und im Sinne des Arbeiter- und Bauernstaats modern wieder aufgebaut, will sagen: Unattraktive Plattenbauten bestimmen ganze Straßenzüge in der Innenstadt. Man muss Augen haben, um Schönes zu entdecken, denn Chemnitz hat kleine Juwelen, wunderbare einzelne Jugendstilgebäude, die einen immer wieder überraschen.

Es gab da einen Menschen, der mir half, mich selbst zu überwinden und freizumachen von allem, was mich bedrückt hatte. Durch Benno habe ich den Mut bekommen, meine Flucht zu planen und später auch durchzuführen. Was mit der Wende in mir zu gären begonnen hatte, wurde 1998 Realität.

Veränderungen

Anfang der 90er-Jahre befand Amerika sich wieder einmal im Krieg. Man hatte Grenada angegriffen, Noriega einfach aus Panama geholt und nach Miami gebracht, wo er noch heute in einer Art Gefängnis lebt. Dann kam der Konflikt mit dem Irak. Freudig nahm Washington es auf sich, Kuweit gegen die Ansprüche des Irak zu verteidigen, und bevor man es glauben konnte, wurde der erste Angriff des „Desert Storm" live im Fernsehen übertragen. In meiner Schule war es patriotische Pflicht, mit den Schülern diese Übertragung anzusehen. Ich weigerte mich und habe stattdessen einen Anti-Kriegstext von Bertha von Suttner lesen lassen, um die Schüler zur Diskussion und zum Nachdenken anzuregen. Natürlich ging das nach hinten los, weil verärgerte Eltern sich bei meinem Rektor über diese Lektüre beschwerten und ihn wissen ließen, dass ich als Deutsche nicht den nötigen Patriotismus besäße, um „Desert Storm" richtig einschätzen zu können. Mir wurde nahegelegt, nie wieder „solche" Texte im Unterricht zu benutzen. Als ich mich auch den Demos in Columbia anschloss und mit anderen Demonstranten im Fernsehen zu sehen war, als zudem bekannt wurde, dass ich jeden Mittwoch zum Antikriegstreffen der African Methodist Episcopal Church ging, wurde mir unmissverständlich gesagt, ich hätte diese Aktivitäten zu unterlassen.

Ich wohnte nicht nur unter Baptisten, sondern auch unter den wohl konservativsten Vertretern der Republicans, was man auch heute noch an den Wahlergebnissen ablesen kann. Ich hatte schon einmal versucht meine Kollegen darauf aufmerksam zu machen, dass in einem Westinghousewerk an der Grenze zu

Georgia Plutonium gewonnen wurde. Ein Kollege sprach mich daraufhin an und untersagte mir, die Informationsblätter weiterhin zu verteilen. Er sei Reserveoffizier und fühle sich angegriffen. Ich wisse absolut nichts über das amerikanische Militär und verstünde nichts davon.

In beiden Fällen geschah mir letzten Endes nichts, weil das erste Amendment (die erste Gesetzesänderung des amerikanischen Grundgesetzes) mir wie allen Amerikanern die Meinungsfreiheit garantiert. Man hätte es nicht darauf ankommen lassen, gegen dieses Gesetz öffentlich anzugehen. Ich wurde weiterhin freundlich behandelt, aber hatte immer das Gefühl, dass es da eine Grenze gab, besser einen Abgrund, der uns trennte. Dadurch wurde ich auch nie mit Verwaltungssachen behelligt; ich glaube, man traute mir nicht.

Mit dem jungen Präsidenten Bill Clinton schien sich das politische Klima in den Vereinigten Staaten zu ändern. Sogar MTV war dabei, als sein Amtsantritt mit vielen „presidential inaugural balls" gefeiert wurde. Wir hatten es geschafft, einen jungen, dynamischen Mann ins Weiße Haus zu wählen. Und dann kam die Ernüchterung – es gab eine Fortsetzung der Wüstenschlacht, Jugoslawien wurde „unterstützt" und man mischte sich auch in Somalia ein. Dazu reihte sich ein Skandal an den nächsten und alles deutete unweigerlich darauf hin, dass Clinton ebenso viele Schwächen hatte wie alle anderen Menschen. Es ist sowieso egal, wer an der Spitze der amerikanischen Regierung steht, denn der Congress besteht aus Interessengemeinschaften, die kapitalistische Interessen vertreten. Es wird immer darum gehen, wie ein Land sich positioniert, um seinen Vorteil voll wahrnehmen zu können. Der einzige Antrieb ist die Selbstbereicherung. Kein regierender Mensch scheint daran interessiert, globale

Lösungen zu finden. Was kann der Bürger tun? Amerika hat mir gezeigt, dass die traurige Antwort darauf „nichts" ist. Man kann so viel auf die Barrikaden gehen, wie man will. Die Presse kann die Proteste veranschaulichen und dokumentieren, sie kann Verantwortliche zu Kommentaren und sogar Versprechungen bewegen, aber am Ende ist es immer „business as usual".

Bisher ging es dem Durchschnittsamerikaner auch zu gut, um am System zu rütteln. Erst wenn dieses System aus den Fugen gerät und die Existenz vieler gefährdet ist, könnte es eine Änderung geben. Von Anfang an habe ich es als meine Bürgerpflicht angesehen, gegen Missstände friedlich zu demonstrieren. Selbst während des Vietnamkriegs gab es in Ann Arbor keine Straßenschlachten. Subversiver Widerstand war viel effektiver. Ich habe eine Demo auch damals nicht als ein „happening" verstanden, sondern als mein Recht, meine Meinung kundzutun. Die anderen, mit denen ich marschierte, waren oft nicht Mainstream. Gelegentlich kam es zu offenen Auseinandersetzungen auf der Straße, wenn wir durch ein Spalier von Verfechtern der Regierungsmaßnahmen laufen mussten. Das geschah besonders während der „Wüstenkriege". Ich habe diese Art von Patriotismus nie verstanden. Mir, als Deutsche, war eine patriotische Haltung irgendwie peinlich.

Trotz allem waren die Neunziger eine kleine Blütezeit, denn viele der Reformen, die schon von Ronald Reagan in den Achtzigern eingeführt worden waren, begannen jetzt zu fruchten. Jeder hatte eine Brieftasche voller Kreditkarten. Überall hatten Verbraucher ein „revolving charge account" (eigentlich ein Anschreibekonto) und das hoffentlich mit einer sehr hohen Kreditgrenze. Man konnte also kaufen auf Teufel komm raus und brauchte nur einen Teil der ausstehenden Summe im nächsten Monat zu begleichen. Dass viele Menschen dadurch in finanzielle

Schieflage gerieten, ist wirklich nicht verwunderlich. Die Häuser in einer mittelklassigen Nachbarschaft waren mit allen elektronischen Neuheiten ausgestattet, die der Markt anbot. Es wurde saniert: Möbel, Bäder, Küchen wurden ersetzt. Der Außenbereich wurde komfortabler: Terrassen und schicke Sonnendecks wurden gebaut, dazu möglichst ein Pool, und natürlich kaufte man sich ein neues Auto. Das Geld floss, die Wirtschaft boomte. Jeder, der konnte, liebäugelte mit einem neuen Haus – Kredit kriegte man ja im Handumdrehen. Wenn der Kredit auf einer Karte ausgereizt war, nahm man einfach die nächste. Wie oft stand ich an der Kasse, vor mir eine Dame, die sechs, sieben Kreditkarten zückte, bis sie eine fand, die noch funktionierte, worauf sie freudig rief: „Sehen Sie, ich wusste doch, dass ich noch eine gute Karte habe!" Alle Wartenden freuten sich mit. Auch das war mir unheimlich.

Ich beteiligte mich am Kaufrausch, hatte aber immer mein Budget im Blick. Irgendwann zählte ich über 80 Paar Schuhe in meinem Wandschrank, dazu Kostüme und Hosenanzüge in fast allen Farben, sowie genügend Kleider, Röcke und Blusen, um fünf große Einbauschränke zu füllen. Shoppen wurde ein Teil meines Lebens. Ich besuchte gezielt und regelmäßig Geschäfte, um die besten Schnäppchen zu bekommen oder Einzelstücke zu ergattern. Oft hatte ich das Gefühl, Trophäen mit nach Hause gebracht zu haben.

Meine Tochter war inzwischen schon lange mit ihrem Bachelor's fertig. Statt weiter zu studieren, so informierte sie mich, werde sie ein Praktikum bei einem Biobauern machen. Ich war nicht gerade glücklich über diese Entscheidung, besonders nachdem ich sie auf dem sogenannten Biobauernhof in den Appalachen im Norden Georgias besucht hatte. Er wurde von einem Chaoten aus Lousiana bewirtschaftet, der sein Land nach homöopathischen Regeln bestellte. Nicole zog das Jahr durch; sie erlernte neben den landwirtschaftlichen Tätigkeiten auch die Imkerei. Anschließend bewarb sie sich für das Peace Corps (Friedenscorps), das jedes Jahr nur eine Handvoll der bestqualifizierten Bewerber aus Tausenden heraussucht. Sie schaffte es, nominiert zu werden, und wurde für zwei Jahre nach Costa Rica geschickt. Dort besuchte ich sie zwei Mal, verbrachte jeweils einen Monat bei ihr und habe sie ein wenig bei ihren Projekten unterstützt. Sie hatte einen Kindergarten gegründet und versuchte Mütter aus dem Dorf zu organisieren, um die Kinder zu unterrichten. Ich hatte in Columbia passende Spielzeuge gesammelt, die ich nach Costa Rica mitnahm. Vom Peace Corps wurde ich gebeten, mit Nicole über Land zu ziehen und den jungen Müttern den Umgang mit Pestiziden zu erklären – das taten wir in Form kleiner Theatervorstellungen. Wir amüsierten unser Publikum dabei glänzend und erzielten auch gute Erfolge.

Zwischen 1990 und 1998 war ich jedes Jahr mehrmals irgendwo in Südamerika oder Europa. Mit jeder Reise fühlte ich mich mehr als Außenseiter: Jedes Mal, wenn ich zurückkam, hatte ich das Gefühl, ein Tourist auf Durchreise zu sein. Mit meinen spanischen Freunden verbrachte ich drei Wochen auf dem Jakobsweg, diesem europäischen Wanderpfad, der uns mit praktisch allen Epochen der spanischen Kultur in Kontakt brachte: von Siedlungen westgotischer Stämme, römischen Minen und Bauten über arabische Bauwerke, gothische Dome und barocke Klöster bis hin zu napoleonischen Kriegsspuren war alles zu erleben. Jede Wanderung auf diesem Pilgerweg, egal wo sie begonnen wurde, endet in Santiago de Compostela, wo man – geläutert durch den Prozess des Wanderns – in der Kirche die Statue des heiligen Jakobs umarmt. Das klappte bei uns aus verschiedenen Gründen nicht so, aber das Erlebnis des Wanderns war beeindruckend und hat mir Lust auf mehr gemacht.

Deshalb habe ich ein paar Jahre später noch mal eine ähnliche Wanderung unternommen – dieses Mal auf dem Rennsteig, wo ich mit meiner Freundin aus Chemnitz gewandert bin. Dieser Weg führt in Thüringen an der ehemaligen Zonengrenze entlang, die ja Niemandsland war. Die Natur um den Rennsteig ist daher etwas ganz Besonderes, ganz Eigenes, Urwüchsiges – dort fühlte ich mich zu Hause.

Zu dem Zeitpunkt begann ich mit dem Gedanken zu spielen, wieder ganz nach Deutschland zurückzukehren. Ich spürte meine Verbindung zu meinem Heimatland, besonders zum Norden. Die weiten, offenen Flächen gaben mir innere Stärke. Ich hatte das Gefühl, ich könnte alles schaffen. Ich wollte mein Leben zurück und wieder glücklich sein.

Glück ist für jeden Menschen etwas anderes, lieber Simón. Seine Grundlage liegt in deiner Liebe zu dir selbst. Du musst dich selbst akzeptieren so wie du bist, dann wächst deine Fähigkeit, andere zu lieben.

Die Liebe ist das Wichtigste im Leben, sie gibt dir die Kraft, alle Hindernisse zu überwinden. Wenn du liebst, bist du nicht mehr allein. Alles, was du gibst, bekommst du zurück. Manchmal dauert es eine Weile, aber du wirst es spüren. Alles ist wie ein großer Kreis, der immer wieder beginnt, seine Bahn durchläuft , sich wieder schließt, nur um wieder anzufangen.

Heimkehr und Ankunft

Mir fehlte der Mut, meine Koffer zu packen und José zu verlassen. Ich hatte noch nie allein gelebt und glaubte nicht, dass ich das Zeug dazu haben würde, mein Leben in Columbia einfach hinter mir zu lassen. Dabei sehnte ich mich seit Langem danach, wieder nach Deutschland zurückzukehren. Ich brauchte eine Bezugsperson, um diesen Schritt zu tun.

Diese Person war Benno, den ich ja schon vor Jahren bei meiner Partnerlehrerin kennengelernt hatte. Er lebte getrennt von seiner Frau in Chemnitz, die jetzt mit einem „Wessie" zusammen war. Benno war mir von Anfang an sympathisch. Wenn ich in Chemnitz war, fanden wir immer einen Weg, uns mal zu treffen. Manchmal machten wir Ausflüge, gingen in ein Konzert oder zum Essen und ein paar Mal ging es zum Sport.

Und eines Tages gingen wir kegeln. Damit kann ich gar nichts anfangen. Schon einmal hatte ich Bowling in Ann Arbor probiert. Damals blieben meine Finger irgendwie in dem Ball stecken, sodass ich der Länge lang mit dem Bowling Ball an der rechten Hand auf der Bahn lag. Für Benno und Familie war Kegeln etwas, was man öfters tat. Wir waren kaum angekommen, da zog Benno sich bis auf die Unterwäsche aus und streifte sich einen einmalig unattraktiven Trainingsanzug über. Plötzlich sah ich ihn mit anderen Augen – er hatte etwas penetrant Spießerhaftes an sich und ich konnte diesen Eindruck nicht wieder abschütteln. Seine ganze Welt schien mir furchtbar kleinkariert.

Ich kam mir wie ein Voyeur vor, der von außen heimlich Leute in ihrem Milieu beobachtet. Mir wurde schlagartig klar, dass eine so kleine Äußerlichkeit mich nur deshalb aus der Bahn werfen konnte, weil ich gar keine wirkliche Verbindung zu Benno hatte. Ich war definitiv auf der Suche. Und zwar nicht auf der Suche nach einer anderen Person, sondern ich versuchte mich selbst zu finden. Ich dachte, ich würde in die „neuen" Bundesländer passen, denn auch ich war ja neu wieder in die BRD gekommen. Auch ich kam aus dem Ausland. Ich fühlte eine vage Solidarität mit all diesen Menschen, die sich als heimatlos in ihrem eigenen Land empfanden.

Doch das Leben in den östlichen Bundesländern war dann doch ganz anders. Ich habe in vielen Wohnzimmern gesessen, auf Balkonen gegrillt, bin in Schrebergärten gewesen, die genügend Obst und Gemüse erzeugten, um ganze Städte damit zu versorgen, habe Sylvester in einem Nachbarschaftsklub gefeiert mit Gulasch und Frikadellen und viel Alkohol. Das war überhaupt sehr auffällig, wie viel Alkohol floss: Bier, Goldkrone (ein Weinbrand), Sekt und halbtrockener Wein, und das bei jeder Gelegenheit. Mit der Zeit legte man alte Gewohnheiten ab und passte sich neuen Geschmacksrichtungen an, da es auf einmal überall die westlichen Supermärkte gab. Über Nacht schossen sie aus dem Boden wie Pilze an einem lauen Sommertag nach einem guten Regen. Zunächst waren sie oft in Riesenzelten untergebracht: statt Oktober- oder Schützenfest gab es den Konsumrausch.

Es war sehr interessant, die Zeit gleich nach der Wende in Sachsen mitzuerleben. Manchmal setzte ich mich einfach in einen Stadtbus und fuhr bis zum ersten Einkaufszentrum, das natürlich außerhalb der Stadt lag. Ich redete oft wildfremde Menschen an und bat sie, mir ihre Geschichte zu erzählen. Erstaunlich war, dass niemand zugeben wollte, dass er in der Partei gewesen war. Ich erfuhr von ihren Arbeitsverhältnissen oder wie man sich Sachen organisierte, die man brauchte. Eine Frau erzählte mir alles über Katie Witt, als der Bus an dem eigens für sie erbauten

Stadion vorbeifuhr. Einige sprachen über ihre ersten Ost-West-Eindrücke, andere über die Ängste, die die Menschen hatten. Ich erlebte die Abwanderung von Abertausenden, die im Westen ihr Glück suchten, da die Betriebe, marode oder nicht, praktisch alle übernommen und geschlossen wurden. Auf einmal gab es keinen Ruß mehr in Chemnitz. Zurück blieb eine nicht sehr attraktive Stadt, deren Kern am Ende des zweiten Weltkriegs total zerstört und die dann „im Stil der neuen Gesellschaft" wieder aufgebaut worden war. Das Resultat war eine Paradestraße, von unansehnlichen Plattenbauten eingerahmt, und im Zentrum als Glanzstück eine tolle Büste von Marx und Lenin.

1998 war ich endlich bereit, den Schritt zu wagen und einfach nach Deutschland zurückzukehren. Ich fand auch den richtigen Weg: Ich bewarb mich um ein Sabbatjahr, was eigentlich unüblich für eine High-School-Lehrerin ist. Mein Arbeitgeber ließ sich darauf ein, weil ich versicherte, dass ich nach diesem Jahr verschiedene Seminare für andere Sprachlehrer leiten würde, um meine Erfahrungen weiterzugeben.

Ich wollte nach Chemnitz gehen, weil ich dort Freunde hatte, die mich unterstützen würden. Im Internet bewarb ich mich um eine Stelle an der TU in Chemnitz und wurde auch aufgefordert, zu einem Vorstellungsgespräch zu kommen. Mein größtes Problem war José, dem ich beibringen musste, dass ich eine Auszeit brauchte. Ich musste meine Pläne glaubhaft präsentieren, sodass er keinen Verdacht schöpfen konnte, dass ich in Wirklichkeit den Abgang aus meinem amerikanischen Leben plante. Ich fürchtete, er würde mich nicht gehen lassen, würde mir folgen – und das wollte ich auf gar keinen Fall.

An der Arbeitsfront war alles schnell geregelt: Ich bekam ein Jahr frei, natürlich ohne Bezahlung, aber mit der Garantie, dass meine Stelle auf mich warten würde. Das war ein sehr wichtiger Punkt, denn so hätte ich immer einen Weg zurück, falls es in Deutschland nicht klappen sollte. Viel schwieriger war es, den Haushalt so zu hinterlassen, dass José einfach weiterleben konnte. Ich musste alle Konten so konsolidieren, dass er sie einfach handhaben konnte. Dabei ging es ja nur um normale Ausgaben, denn inzwischen war alles überschaubar geworden. Er musste nur die üblichen Rechnungen begleichen, wofür er definitiv genug Geld hatte. Zu dem Zeitpunkt machte er auch einen stabilen Eindruck, sodass ich ihn guten Gewissens verließ. Er würde auch ohne mich auskommen und vielleicht sogar seine neu gewonnene Freiheit genießen.

Mit $ 12,000 und meinen Kreditkarten, einem Laptop und zwei Koffern machte ich mich Anfang Juni auf den Weg. Wir hatten uns darauf geeinigt, dass José mich in Berlin besuchen würde, um die Trennung zu verkürzen. Natürlich würden wir uns regelmäßig schreiben (ich hatte noch versucht, ihn an den Computer zu gewöhnen, sodass wir uns Mails schicken konnten) und telefonieren, um in Verbindung zu bleiben. Ich glaube nicht, dass José mir alles abgekauft hat, aber dadurch, dass ich ihn in alle Pläne miteinschloss, sah alles sehr wahrscheinlich aus.

Ich erinnere mich nicht an den Flug, nur an das Gefühl, zwischen zwei Welten zu sein. Ich flog weder von zu Hause fort noch flog ich nach Haus. In Dresden sollte ich von Benno abgeholt werden. Nachdem ich meine Koffer geholt hatte, wartete ich vergeblich auf ihn. Auf einmal hatte ich ein Déjà-vu: Die gleiche Szene hatte sich doch 1965 auf dem Flughafen in Detroit abgespielt! Wie damals saß ich auf meinem Koffer und fühlte mich total allein. Man hatte mich vergessen. Ich schaute mir das Treiben um mich herum an. Wie oft hatte ich mir den Weg zurück schon vorgestellt!

Die Zeitspanne einer Generation war seit meiner Auswanderung vergangen. Alles war anders und doch war alles wie vor 33 Jahren. Der Unterschied war nur, dass der Dresdener Flughafen im Vergleich winzig klein war. Was, wenn niemand käme? Ich sah mir die Abflugtafel an und mein Blick blieb an einem Flug nach Griechenland haften. Da wollte ich immer schon mal hin. Vielleicht sollte ich einfach dorthin verschwinden.

Ich freute mich nicht mehr auf Chemnitz. Ich wollte am Anfang bei meiner Freundin unterkommen und hatte dummerweise ihrem Sohn geschrieben, dass ich für meinen Aufenthalt „Miete" bezahlen möchte, was sie so verstand, dass ich vorhatte bei ihr permanent zu wohnen. Ich hatte mich ungeschickt ausgedrückt, aber durch diese Bemerkung wurde unsere Beziehung verändert. Zudem gab es bei ihr schwere Probleme, die sich jetzt zeigten, anfänglich für mich noch nicht erkennbar, die das Leben meiner Freundin zerstören würden. Damals befand ich mich in einem Ausnahmezustand, war alles ungewiss. Ich hatte das Gefühl, dass ich scheitern würde. Ich fühlte mich total allein gelassen und alle alten Ängste kamen wieder hoch. Verzweifelt suchte ich nach einem vertrauten Gesicht unter den Menschen in der Wartehalle.

Nach einer Stunde sprang ich über meinen Schatten und rief Benno an: Er war geschäftlich verhindert und hatte jemanden geschickt, der mich abholen sollte. Irgendwann kam dann ein junger Mann, der mich nach Chemnitz brachte.

Meine Freundin und ihr Mann freuten sich nicht über meine Anwesenheit; sie musste auch gleich am nächsten Tag für eine Woche auf eine Klassenreise, zu der sie ihren Mann mitnahm. Es sollte Sommer sein und fühlte sich in jeder Hinsicht wie Winter an. Noch nie ist mir ein Ort so grau und hässlich vorgekommen wie Chemnitz in diesen ersten Tagen meiner Heimkehr. Ich war allein in der kleinen Wohnung, in der Vorstadt, die mir jetzt trostlos erschien. Die Tage wollten nicht enden und ich fühlte, dass ich für meine tollkühne Flucht gleich von Anfang an bestraft wurde. Zweifel und Verzweiflung kamen auf. Selbst Benno war für mich ein Teil dieser kalten, grauen Welt. Der einzige Lichtblick war mein Vorstellungsgespräch, das eigentlich sehr positiv verlief; ich hätte den Job auch bekommen, wenn ich länger hätte bleiben können. Ich war mir jedoch zu dem Zeitpunkt sicher, dass ich nach einem Jahr doch wieder zurückgehen würde, denn die Welt, die sich mir auftat, war nicht eine, in der ich hätte leben wollen. Die Stelle, die mir angeboten wurde brauchte jemanden, der sich Langzeit verpflichten konnte. Ich hatte zu dem Zeitpunkt nicht den Mut, mich fest für Chemnitz zu entscheiden. Ich musste mir einen Ausweg lassen. Mein Job in Columbia würde für mich da sein, egal was in diesem Jahr passierte.

Als ich einige Wochen später wieder bei einem Bewerbungsgespräch saß und es wieder um einen Arbeitsvertrag ging, der über mein Sabbatjahr hinausgehen würde, habe ich kein zweites Mal darüber nachgedacht, sondern eingewilligt. Die dazwischenliegenden Wochen hatten einiges in den richtigen Fokus gebracht: Aus der beklemmenden Atmosphäre meiner Freunde befreit, sah die Welt schon ganz anders aus.

Ich traf José zum vorletzten Mal in Berlin – unsere endgültig letzte Begegnung fand fünf Monate später in Columbia statt. Ich war bei gemeinsamen Freunden und er kam mich besuchen. Ich war schockiert, als er aus dem Flugzeug kam. Er sah sehr blass und aufgedunsen aus und machte einen erbärmlichen Eindruck. Normalerweise wäre ich spätestens jetzt wie ein Kartenhaus eingestürzt und hätte mich um ihn gekümmert, aber die Wochen hatten mich verändert. Ich hatte schon lange aufgehört, ihn zu lieben, und das Zusammenleben mit ihm war für mich unerträglich geworden. Ich wollte nicht in seine Welt zurückgezogen werden und für ihn verantwortlich sein. Es war mir egal, was mit ihm geschah. Ich konnte und wollte ohne ihn weiterleben.

Sowie er mich sah, versuchte er wieder der Alte, der charmante, geistreiche Mann zu sein, für den nur ich existierte. Die Tage mit ihm waren fast unerträglich. Wir wussten beide, dass ich nicht zurückkommen würde, aber wir taten so, als ob alles beim Alten wäre. Wir taten das, was wir am besten konnten: Wir verbrachten viel Zeit in Berlins Kulturstätten, sodass wir nicht miteinander reden mussten. Es kam mir vor, als ob er mich wie ein Riesenkrake umklammerte, verzweifelt und brutal. Ich glaubte nicht richtig atmen zu können. Endlich kam der Tag des Abschieds. Er schob mir Geld in die Hand, wie einem kleinen Kind, dem man sagt: Kauf dir was Schönes! Ich war wie benommen und wollte nur, dass er verschwand. Wir beide wussten um das Endgültige dieses Abschieds. Danach konnte ich ihn nie wieder erreichen. Er antwortete auf keine Mail und ließ das Telefon klingeln.

Benno wollte unbedingt mit mir in Urlaub fahren. Ich erfand eine Notlüge, denn es war mir seit meiner Ankunft in Dresden klar, dass unsere Wege sich trennen würden.
Als mein Auto mit dem Container in Bremerhaven ankam, wurde ich endlich mobil. Ich begann den Norden zu erkunden und stellte fest, dass er ganz anders war, als ich ihn in Erinnerung hatte. Ich liebe die weiten Flächen, die mich nicht einengen, die mir den Raum geben mich zu entfalten.
Ich begann, mich aktiv nach einem Job umzusehen. Ich schickte meine Universitätsunterlagen an die zuständige Landesbehörde. Zu meinem Erstaunen wurden meine Abschlüsse voll akzeptiert.

Ich hatte gedacht, man müsste Examen wiederholen oder Studiengänge würden nicht voll anerkannt werden. Nun also bewarb ich mich um ein Lehramt, doch ich wurde wegen meines Alters abgelehnt. Ich sah das als eine Tür, die sich geschlossen hatte – und war irgendwie auch froh darüber.

Ich war jetzt bereit für etwas Neues. Ich liebte meinen Beruf, aber ich wusste, da war noch mehr. Ich war praktisch dreisprachig, was sich als großes Glück erwies. Ich beschloss nach Spanien zu fahren, um zu sehen, ob ich dort neu anfangen könnte. Aber es kam ganz anders: Ich sah eine Annonce in der regionalen Tageszeitung, in der ein Bildungsträger pädagogische Mitarbeiter suchte. Es ging um Arbeit mit Langzeit-Arbeitslosen, die zurück in Arbeit gebracht werden sollten. Ich fühlte mich angesprochen und schrieb meine Bewerbung auf einer uralten Olympia-Schreibmaschine auf Flugpostpapier, was normalerweise garantiert eine Ablehnung zur Folge gehabt hätte. Aber ich wurde zu einem Vorstellungsgespräch eingeladen, wo man sich zwar über die Präsentation meines Curriculum Vitae amüsierte, mir jedoch einen Job anbot. Obwohl ich keinerlei Hintergrund für diesen Job hatte, konnte ich die Manager überzeugen, dass diese Position mit einer Quereinsteigerin viel besser besetzt wäre. Ich betonte meine pädagogische Erfahrung und erlernte Flexibilität im Umgang mit anderen Menschen, die vielleicht auch hier dem Arbeitsamt zu Gute kommen könnte. (Das stimmte auch, denn später, nach vielen erfolgreichen Vermittlungen, wurde ich ins Arbeitsamt gebeten, um den Arbeitsvermittlern mein „Geheimnis" zu erklären. Meine Antwort: Ich bin auf sie eingegangen, habe mit ihnen Gespräche geführt und ihnen manchmal auch gesagt, wo's langgeht.) Das war der Anfang! Ich war nicht mehr auf meine Stelle in Columbia angewiesen und ich wusste, dass ich es auch weiterhin schaffen würde.

All das geschah an dem Ort, den ich 33 Jahre zuvor verlassen hatte, weil er mich einengte. Ich habe Frieden geschlossen mit meiner Heimatstadt, die jetzt wirklich zu mir gehört, wie ich zu ihr. Ich fühle mich wohl hier auf dem Land, wo das Leben sich noch an der Natur orientiert. Ich lebe privilegiert, mitten in einer Auenlandschaft, deren Anblick mir jeden Tag neue Freude bereitet und mir die Kraft gibt, allein weiterzumachen. Die Jahre mit José sind so weit entrückt, dass ich manchmal kaum glauben kann, dass sie passiert sind. Ich habe endlich losgelassen und bin dankbar dafür, dass ich den Schritt zurück nach Hause geschafft habe. Vor mir liegen noch Jahre, vielleicht Jahrzehnte, die ich erleben möchte. Es gibt so viel zu tun.

Neulich habe ich die Zeitgrenze zwischen meinem amerikanischen und meinem deutschen Leben überschritten. Ich wohne, mit jedem Tag, der vergeht, länger in Deutschland, als ich in Amerika gelebt habe.

Wenn ich jetzt ein Flugzeug in den Staaten besteige, weiß ich, dass ich auf dem Weg nach Hause bin, und trotzdem fühle mich ab und zu wie jemand, der weder hier noch da zu Hause ist.

Ich habe gerade den Anruf erhalten, dass du geboren bist. Herzlich willkommen, mein Enkel! Diese Geschichte ist mein erstes Geburtstagsgeschenk für dich. Wie gern wäre ich dabei, wenn du die Welt entdeckst! Wir werden dieselbe Sprache sprechen, was für deine Urgroßmutter noch eine unüberwindliche Hürde war. Ich werde dich so oft besuchen, wie ich es kann, aber ich hoffe sehr, dass du auch zu mir kommst, wenn mir die langen Flüge zu sehr zusetzen. Ich werde dir meine Welt öffnen und dir einen Teil deiner Wurzeln zeigen. Ich möchte auch, dass du verstehst, warum ich hierher zurückgegangen bin.

Ich bin ein Teil von dir und wünschte, dass ich dich bei jedem Schritt begleiten könnte, so, wie ich es bei meinen Kindern - deiner Mutter und deinem Onkel - getan habe.

Herzlich willkommen in dieser wunderbaren Welt!

Der Lebenskreis schließt sich. Meine Familie – meine Kinder und Enkel – leben glücklich in Amerika und Kanada. Die Ironie des Schicksals hat mich wieder auf die andere Seite des großen Teichs zurückgeführt. Uns trennen dieselben Kilometer, die früher zwischen mir, meiner Mutter und meinem Bruder lagen, aber sie sind heute viel leichter zu überwinden. Amerika wird jedoch immer ein Teil von mir sein sein, der mich geprägt hat, for better or for worse.